U0004320

邪惡貓大帝 克勞德

愚蠢的地球人我來了！

邪惡貓大帝 ①

克勞德

愚蠢的地球人我來了！

文 / 強尼·馬希安諾
　　艾蜜麗·切諾韋斯
圖 / 羅伯·莫梅茲　　譯 / 謝靜雯

獻詞

獻給 Raja 和 Rajeev，他們讓中學生活變得沒那麼慘。

——強尼・馬希安諾

獻給 Eliza 和 Josephine，他們真的、真的很愛貓。

——艾蜜麗・切諾韋斯

獻給 Allie、Nick 和 Maureen，他們讓我有個很幸福的人生。

——羅伯・莫梅茲

序幕

日期：58-493-D 年，第 789 天

星球：砂盆星

地點：一切銀河秩序的至高法庭

　　敵人在小睡時間突襲了我。

　　我還來不及伸出爪子，他們便撲到我身上，將我五花大綁，鍊住我的腳掌，將我從拘留室拖進了一切銀河秩序的至高法庭。

　　用這種方式醒來，真不愉快。

　　雖然我無力與他們對戰，但我扯開嗓門，發狠狂叫，聚集在法庭裡的群眾——全是叛徒！——發出嘶聲，一哄而散。

　　只有一隻貓沒背叛我：我忠心耿耿的手下，澎澎毛。

　　「您永遠都是我的大王陛下！」他喊道，「我永遠都會是您的……哎唷！」

　　有人猛敲他腦袋一記。是他們當中最大的

叛徒，也是我原本的副手——利牙將軍！

「看到這情況，你應該知道你現在已經不是那個威震天下、叱吒風雲的大王了。」他說，說完發出呼嚕聲。

我憤恨難平，猛甩尾巴。「我會雪恥復仇的，利牙！」

「咱們走著瞧。」利牙一邊說一邊對著我齜牙咧嘴。這時十三位長老正列隊步入法庭。

大長老舔了舔右掌，宣布開庭。

「我的貓咪同胞們，」他開始說，「數千年前，我們星球上貓族罪犯橫行猖獗，當時明智的祖先拍板決定，非得放逐那些作惡多端的傢伙不可。

他們在宇宙裡發現某個遙遠的星球，上頭有一片遼闊的荒地，住著吃肉的妖族。連續幾代，我們都將罪犯送往那裡。不曾有貓回來過。但是在 49-763-B 年，當局認為那種懲罰太過於殘忍，於是頒布命令，宣布貓族——無論多麼邪惡，多麼暴虐——一律不會再被遣送到那個可怕的地方，這個決定一直延續至今。」

直到你出現。

你，前任的大王陛下，在爭權奪利的路上如此殘酷無情，爲了統治，不惜使出冷血的邪惡計策。你對貓族的傷害，可以說是惡貫滿盈，我們不得不恢復這項古老的懲處。」

在場的群眾紛紛倒抽一口氣。

「你有什麼話要說嗎？威斯苛？」大長老說。

在這種處境下，較爲次等的貓可能會乞求憐憫，但我只對他們冷嘲熱諷！「你們這些軟弱無用的貓族，竟然爲了利牙將軍這可悲的陰謀家而推翻我。你們每一個最後都會後悔推翻我的這一天——我可是宇宙歷來最偉大的君王！

你們儘管把我當成垃圾一般，丟棄到太空，但是我向你們發誓，不用多久，我一定會回來！」

利牙將軍輕輕一笑。「恐怕你會成爲食肉妖的早餐。」

利牙揮一揮掌子，守衛解開了我身上的束縛，押著我走進等待中的瞬間移動器。刺眼明

亮的綠光一閃，蟲洞開啓。轉眼間，我跨越了太空 2,900.4 百萬光年，被送往宇宙中最恐怖、最遙遠，也最荒蕪的星球：

地球。

第 1 章

星期六

星期六晚上，雨下個不停。我躺在新家客廳的地板上，盯著天花板，真希望自己在什麼其他任何地方都好，就是不要在這裡。爸爸盯著電視裡的棒球賽轉播，媽媽則抱著筆電忙著工作。

我無聊到快死了。

我還是不敢相信發生了什麼事。直到上星期，我一直在紐約市布魯克林區過著超級讚的生活，可是爸媽卻決定橫跨全國 2,900.4 英里，老遠搬到這裡來。

奧勒岡州，艾爾巴。

如果你問我意見——根本沒人問過我——這個決定和作法糟糕透了。

在紐約，我不用離開公寓大樓就可以跟三個朋友碰面。而且只要踏出大樓，用走的就能到圖書館、漫畫店、糖果店和兩間披薩店，連過馬路都省了。

在艾爾巴，我只要踏出家門，路上會經過十二棵樹、一個螞蟻坵、一個可怕的大黃蜂的窩和一堆玫瑰樹叢。在這裡，大自然無所不在。

這真是太嚇人了。

按照我媽的說法，我們之所以搬到奧勒岡，是因為她找到更好的工作，而且這樣我就能擁有很大的房間和後院。

可是對我來說，那種東西根本無關緊要。漫畫店和披薩店在哪裡？我家這條街上連一間商店都沒有──更不要說有自動販賣機的自助洗衣店了！

在奧勒岡這裡，我無事可做，0 個朋友。也許這就是我遲遲還沒拆箱整理的原因。

不過，話說回來，我爸媽也還沒拆箱整理，他們的理由又是什麼，我不知道。

我剛拿起最近一期的漫畫《美利堅人》，準備重讀第一百萬遍，這時候事情發生了──一道燦爛綠光照亮窗外的天空，前後為時 1 秒而已，接著一切再次昏暗下來，窗外陰雨綿綿。

「你們看到了嗎？」我問。

「耶！」我爸正好大聲吼叫，「托雷斯盜上三

疊！三疊耶！」

「不是啦，我是說剛剛那道超扯超奇怪的綠光！」

我媽終於抬起頭。「你說什麼？親愛的。」

「剛剛外面的那道綠光啊！」我說。

「噢，拉吉，應該只是閃電吧。」我媽說。

好吧，所以奧勒岡多了件怪事：綠色閃電。

我的視線移到漫畫上——接著門鈴響了。

叮—咚！

門鈴竟然響了？會是誰呢？

第 2 章

我在這裡。

形單影隻。

在地球上。

這裡比古老典籍描述的還恐怖。

現在是夜晚，卻有熾烈的光線從巨大樹幹但毫無枝葉的樹梢照下來。當我掃視這個區域，尋覓肉食妖怪並偵測是否有其他危險時，溼答答的東西擊中我的鼻子。

某種液體從天空紛紛落下來！

是什麼化學武器嗎？我被攻擊了嗎？

我衝進茂密的灌木叢，可是沒得到多少保護。那個噁心的液體滴在我富有光澤的毛皮，讓我冷到骨子裡。我不知道這到底是什麼，可是令人厭惡極了。我現在就必須找到一個安全的地方！

謝天謝地，這星球上不少樹木還是長有樹枝的，我爬上了最近的一棵樹，從那裡立刻找到了人類存在的證據。

四周矗立著他們巨大的碉堡，這些碉堡彼此相鄰在一起，幾乎可以碰到對方。高聳的木牆豎立在他們小小的領土周圍。碉堡前方則停放著類似坦克的巨型交通工具。

　　這個星球一定非常好戰。

　　我必須進入其中一個防禦建物裡。我不知道裡面的妖怪會對我怎麼樣，可是這種落個不停的液體令人難以忍受。

　　我拔腿衝向最近的一座碉堡。它的前側閘門旁邊有個發亮的按鈕。是那種壓下去，閘門就開的按鈕！

也許這樣我就能神不知鬼不覺悄悄溜進去。我往上一跳，朝按鈕壓了下去。

叮—咚！

可惡！為什麼它發出了可怕的噪音？

第 3 章

還是星期六

「有人聽到了嗎？」我問。

「聽到什麼？」我媽問。她埋頭工作的時候，世界就算要毀滅了，她也不會注意到。

「門鈴啊！」

「一定是電視，親愛的，」媽說，她的視線依然沒離開筆電，「我們在這裡又還沒交到朋友。」

那是肯定的。

叮—咚！

又來了！我起身透過前門窗戶往外窺探，可是誰也沒看見。

接著我聽到一個恐怖的聲音，聽起來就像小動物慘遭電擊。

這是來自大自然的什麼聲音嗎？就在我們家門前？

在老家，我最接近大自然的時刻，就是看到鴿子在人行道上搶披薩皮的時候。

住在這裡**好恐怖**。

那個可怕的尖鳴終於停了。我緊張兮兮，打開門往黑暗裡瞧。

有隻貓坐在我們家門口的踏墊上。

原來那個可怕的聲音是喵喵叫！

「剛剛是你嗎？」我說，「你在這裡幹麼，小貓咪？」然後我覺得自己很蠢，因為貓又不會說話。

這隻貓瘦得皮包骨，被雨淋得溼答答，而且脖子上沒有項圈。

也許他是流浪貓。也許我可以養他。我一直想要寵物——尤其是貓——現在恰好有一隻自己跑來我家門前！

我正準備摸摸他的時候，他從我的腳下衝進屋裡。

「**啊～～！**」我媽放聲尖叫，像是看到大老鼠似的。

我跑進客廳。媽媽雙手環抱在胸口瞪著貓，貓咪則是伏低身子僵住不動。

「這東西是從哪來的？」她說，「為什麼在我們家裡？」

「他剛剛就在門外，」我說，「電鈴響了，他就在那裡！」

我爸露出笑容。「搞不好是鄰居歡迎我們搬進這裡的禮物！」

我媽沒有一絲笑容。「歡迎我們搬進這個社區的禮物，應該是一盒點心才合理。看到來路不明的貓咪就應該打電話通報動物收容所。」

「我可以養他嗎？」我問。

我媽看我的神情，好像我精神失常。

「來，小貓咪、小貓咪、小貓咪。」爸說，伸

出一手要摸他。貓咪用腳掌揮打他。

「可能是野貓，沒有被人類養過，這很危險。」
媽說。

「才不會！」我說，雖然我不知道沒有被人類
養過代表什麼，「我想他只是害怕。我可以養他嗎？
拜託嘛？」

我爸媽面面相覷，然後看看我。我們全都轉頭
去看那隻貓。他正盯著我們看。

他喵了喵。

至少我認爲那個聲音就是喵喵叫。

第 4 章

雖然我怕那個按鈕的糟糕聲音會喚來人類，但我還是往上跳，用力按了第二次。

叮—咚！

閘門依然關閉。我嘗試把那個發亮的按鈕看得更清楚。也許是靠掌紋辨識科技來操作的。這些人類怪物或許沒有我們原本想的那麼原始？

也許我可以向牠們求救。

這個想法相當危險。根據遠古歷史的記載，人類非常醜陋、殘暴又愚蠢。可是現在牠們是我唯一的希望。

「人類，聽我說！」我喊道，「我是個饑腸轆轆的可憐旅人，來自遙遠的星球！」

依然毫無動靜。

我正準備前往其他碉堡尋求庇護，這時閘門緩緩開啓。有個比我最可怕的惡夢還醜惡的生物探出頭來。

那個怪物的大小有如二十隻貓，而且是靠雙腿

站立。

　最令人震撼、震驚又恐怖的是，這頭野獸身上

一點

毛皮

都沒有！

22

我僵住不動——哪個更糟？是這個可怕的怪物，還是紛紛落下的液體？

剎那間我從人類腿間的空隙衝了過去。

室內相當乾燥，但另外還有兩個人類，體型更大，樣子更醜更奇怪！

我低下身子，擺出防禦姿勢。最大的那頭妖怪朝我伸手，我將牠醜惡無毛的獸掌揮開。可是我無法攻克牠們全部！牠們太、太、太巨大了！

我意識到，我唯一的防禦手段就是偽裝。

「拜託，請不要傷害我，」我盡可能用甜美的語氣說，「我只是個迷途無辜的太空人。」

我發現這些人類似乎聽不懂我老練世故的語言。

牠們講起話來就跟牠們又長又無毛的臉一樣醜陋，那些從牠們嘴裡發出的難以理解的聲音，夾雜了含糊的咬字跟悶哼。

不過，我倒是可以明白，牠們正為了我激辯著。小妖怪試圖提供我保護，但說服不了大妖怪們。

這些龐然的無毛人類有所不知，站在牠們眼前的，可是全宇宙有史以來**最了不起的貓大帝**。

第 5 章

還是星期六

「那個東西在喵喵叫嗎？」媽媽問，「怎麼聽起來像是狼獾被活埋。」

「我想這個小傢伙一定混了暹羅貓！」爸說。

「我才不在乎這隻貓是什麼品種，」我說，「我想養他。」

我答應爸媽我會用自己的零用錢買貓食——也會負責清砂盆——我甚至會每天打掃自己的房間並且鋪自己的床鋪。

我爸聳聳肩不置可否，注意力馬上回到球賽，因為他知道決定權不在自己手上。同時，我媽半信半疑繼續看著那隻貓，貓咪一舉躍上了窗檯。

他像毛茸茸的滴水嘴獸，往下俯視我們。

「你確定他真的是貓嗎？」媽說，「長得好怪。」

「別侮辱他。」我說。

「他的腦袋就跟核桃一樣小，」我媽說，「他才不知道我是在汙辱還是稱讚他的外表。」

「我可不可以養他嘛？拜託？」

媽嘆口氣。「好吧。」她說。

我簡直無法相信！這是個奇蹟——我竟然如願以償！這種事從來沒有發生過。

「謝謝你，謝謝你，謝謝你，」我說，「你做了正確的決定，我發誓。」

她點點頭，然後遞了一本小冊子過來。「有個條件就是了。」她說。

早該料到有條件的。

「你想養貓的話，就要去參加大自然野外求生營隊，」她說，「星期一開始。」

大自然。還有營隊。

這兩個詞讓恐懼注入了我的心。

點燃你對大自然的狂熱！

日蝕營隊！

讓我們發掘你的野外生存技能，就在這座死火山的山坡上

跟你的森林小隊一起，你會學到如何：

- ☑ 用樹枝和葉子搭建避難基地！
- ☑ 辨認野生動物的足跡！
- ☑ 聽懂小鳥的語言！
- ☑ 在野地裡搜尋糧食！
- ☑ 爬樹！
- ☑ 測試你心智和身體的耐力！
- ☑ 最棒的是，可以加入足以翻轉人生的生存之夜比賽！

「這些全都在野外嗎？」我問。

「我覺得是。」媽說。

我實在不想去。可是我很想養這隻貓。

我嚥了嚥口水，點點頭。

「好吧，」我說，「我去。」

貓咪眨眨眼，甩了甩尾巴。他可愛又天真，為了養他，我什麼都願意做。

第 6 章

　　最小的妖怪現在似乎在向那位長毛妖怪乞求憐憫。我發現長毛的那位是這座碉堡的指揮官，而小的那個只是某種嘍囉。體型最大也最禿的那個妖怪，地位顯然也很低賤。

　　我觀察人類用牠們的野蠻語言溝通著。牠們其實有些毛皮，不過是從身上奇怪的地方冒出來，像是牠們的腦袋頂端；而牠們眼睛上方則有線條型的毛皮。真詭異！

　　而且毫不意外的，牠們對自己的外表嫌惡到用某種皮毛代替品披在身上，再用原始的扣子和拉鍊聚攏起來。

　　我幾乎為牠們感到難過。

　　突然間，小妖怪將我一把撈進牠的懷抱，快步穿越走道，前往牠的獸穴。

　　「放我下來！」我下令。

　　可是牠並未聽從。牠將我摟得如此之緊，我逃也逃不開。我驚恐的看著牠巨大的嘴巴朝我腦袋湊過來。

牠就要**吃了我！**

我卯盡全力，試圖將那個妖怪推開，但憑我的力量敵不過牠。

那個人類將嘴脣貼上我的皮毛，發出響亮的咂嘴聲。然後——放開了我。

這是什麼意思？我還來不及細想，更怪的事情發生了：人類妖怪在一個柔軟的平台上攤開身子，用一大塊布蓋住自己，然後「一命嗚呼」。

我小心翼翼又謹慎的用掌子拍拍牠的胸膛，害怕這是某種詭計。可是怎麼都沒辦法讓牠起死回生。我在隔壁房間發現另外兩個人類也以同樣的方式死去。

牠們被敵人毒殺了嗎？

我幾乎不敢相信我這麼好運！現在我可以獨享設備齊全的寬敞碉堡。等我找到人類的武器和瞬間移動器，就可以返回砂盆星，重新奪回屬於我的東西。

呼嚕。

不過，首先，我得先處理一下我處境堪憐的毛皮。掉落不停的汙穢液體讓它變得潮溼、糾結。

可是我又能怎麼辦？沒有蛻變機，我不得不……不得不……用舌頭舔自己！就像某種野蠻的在樹幹爬上爬下的小貓！

這件事耗費我整晚的時間。當地球那個小小蒼白的太陽終於升上天空時，我才終於完成。這時最怪異也最令人忐忑的事情發生了。

那些人類開始**起身**。

牠們眼睛半睜，腳步笨重的走來走去。

殭屍！牠們是**巨大的人類殭屍**！！

我走到前側閘門，可是打不開！

我被**困住了**！

我狂亂的尋覓逃生路線時，那些人類輪流走進一個小房間，牠們脫掉身上的原始覆蓋物，走進一個高聳的玻璃籠子。然後轉動旋鈕，放任那種恐怖的清澈液體，滴在自己醜惡的身軀。

幾分鐘過後，牠們走出來，穿著新的覆蓋物，面帶笑容。

這是什麼樣的世界？

第 7 章

星期天早晨

　　醒來時，我比這幾個星期以來都還開心。我有自己的貓了！我從六歲時就想養貓，現在終於如願以償。

　　早餐過後，我媽說我們需要開始拆箱整理東西，可是我爸堅持我們先出門去買貓的用品。

　　「可是我們的東西幾乎都還在箱子裡！」媽說。

　　「喔，我已經把德瑞克・基特的簽名棒球拿出來了，」爸爸說，一邊指著放在壁爐橫架上的那顆球，「只需要有那個東西，我就有家的感覺！」

　　媽媽嘆口氣。「好吧，」她說，「你們兩個帶貓到寵物店去。他們週末免費施打疫苗。一定要打狂犬病疫苗喔。」

　　「沒問題！」爸爽朗的說。

　　要把我的新貓放進我爸買的提籠裡，可不是一

件簡單的事。我們兩個得聯手合作，我爸被抓得好慘，一副可能需要就醫的樣子。

在車上，我努力替那隻貓想名字，可是很難專心，因為爸爸把他八〇年代微金屬音樂放得震天價響。

「我們不會接受的！

不！我們不會接受！

我們再也無法忍受！」

我真的、真的很希望他不要跟著一起唱。

在寵物店，爸爸往推車裡塞進各種用品。我的貓現在似乎比較放鬆，正發出呼嚕聲。而我正思考著要叫他什麼，是班迪特？或是愛馬仕？不，叫洛基好了！

貓咪是發出呼嚕聲還是低沉的吼叫？實在很難分辨。

我和爸爸最後還拿了上頭附有名牌的項圈。

「你們需要我替牠繫上去嗎？」我們去刻名字的時候，收銀員問。

我還在想要叫洛基——還是索爾？——這時我

爸突然發出聽起來像「柯老德」的發音。

「克拉德嗎？」收銀員問。

「不，」爸說，「克勞德。K－L－A－W－D－E，像是 clawed（爪子），可是更刺激的拼法！」他笑鬧似的把手掌當作爪子般在空中揮舞。「可以用 K 的時候，又何必用 C？K 是整套字母裡的派對字母！」

爸看起來洋洋自得，我不忍心出聲抗議。我告訴自己，我有了一隻貓，那才是真正重要的。

收銀員在刻名牌的時候，我們把克勞德帶到免費施打疫苗的地方。

一個看起來很年輕的獸醫打開小籠子的門，彎下腰往籠子裡面瞧，克勞德的呼嚕低吼聲頓時停止。

「噢，瞧瞧他，他長得……」獸醫停頓了一下，「長得真有趣。」

克勞德放低身子，露出尖牙。

「也許我們不應該現在替他打針。」我說。

「噢，不，沒關係的！」獸醫說，「我天天跟動物在一起，我知道怎麼應付牠們。」

他伸手進籠子，捏著頸背將克勞德拉出來。

「看吧？」他說，「輕而易舉！現在我們只要

拿起針來，然後——」

　　克勞德發出令人血液凝結的號叫，撲向獸醫的臉，然後出爪攀住。

　　年輕的獸醫開始放聲尖叫，胡亂揮舞手臂。我大喊著**「住手！住手！」**我爸急著要把克勞德拉下來。

　　說到底，這件事沒那麼容易。

第 8 章

　　就在我以爲自己安全無虞的時候，人類拿出了籠子。

　　我英勇的奮力掙扎，但兩個妖怪制服了我。將我鎖進籠子之後，小妖怪將我帶進牠們的裝甲車，我們就此離開了碉堡。

　　我的敵人想辦法跟牠們取得聯繫了嗎？

　　我都被放逐了，對你來說還不夠嗎？利牙將軍？你現在還打算奪取我的性命嗎？

　　在感覺無止無盡的旅程之後，牠們將籠子從車裡拿出來。迎面而來就是我所見過最糟糕也最荒涼的景致。

　　牠們帶我進去的那棟建築是某種監獄。裡頭有更多籠子——而籠子裡面裝滿了貓！

　　傳說是眞的！

　　砂盆星的貓族罪犯從放逐中倖存下來——而他們的後代就在這裡！

　　我試圖呼喚他們。「貓族同伴們！同志們！這裡是什麼樣邪惡的地方？」

但我從他們那裡得到的回應只有**「喵嗚！」**

喵嗚？難道地球貓擁有自己的語言？這個字眼又是什麼意思？當心？回頭？

我還沒弄懂意思以前，人類妖怪開始用一個鐵桿製成，配備有輪子的小工具，推著我在室內四處繞行。牠們用很多盒子和袋子填滿這個空間。因此從籠子裡看出去視線有些受阻，但許多盒子上似乎都有貓咪的圖片。

我無法理解當下發生的狀況。

轉眼，我的籠子就被提起來。籠子的門打開了，我往後退縮。我才不要讓牠們把我丟在這個可怕的地方！可是接著有個沒見過的人類妖怪把手伸進籠子，從脖子那裡將我抓起來。動作快如閃電！

突然間我就到了籠外──形跡暴露──然後被牠的五指獸掌往下壓制。接著牠抽出一根迷你尖矛，想要扎我的脖子！

我發動攻擊！

我先用爪子劃破牠的雙手，再朝牠的臉進攻。

噢，這種感覺真是甜美！我在牠卑鄙的無毛臉頰上留下又紅又長的抓痕。只需要再幾秒鐘就能除

掉牠的時候，我的人類們將我拉開。

　　接著是一陣難以理解的叫囂，那個血流如注的
人類妖怪將我的人類們趕出牠的領土。

第 9 章

星期天下午

　　從寵物用品店開車回家的路上，我爸沒有再放八〇年代的老歌。他的表情有點陰沉。

　　我頻頻偷瞥克勞德，他已經安全回到了貓的提籠。小狗做了壞事時都會一臉心虛，可是我的貓克勞德並沒有。

　　他現在肯定又在發出呼嚕聲。

　　爸爸清清喉嚨說：「剛剛在寵物店發生的事情⋯⋯」

　　「你該不會要逼我把他送走吧？」我說，「我在這裡沒有朋友，如果不能養克勞德，我就會孤伶伶、慘兮兮！」

　　「拉吉，」他說，「你會交到朋友的，在日蝕營隊。」

　　「不要提醒我。」我說。

　　「其實我原本要說的是，今天的事其實是那個

獸醫的決定，他覺得一定可以應付克勞德，沒想到結果並非如此，你已經事先警告過他了。」

「所以我可以養克勞德嘍？」

我爸點點頭。「可是你跟他最好小心點。要是那隻動物抓傷了你媽──」

「他就沒命了。」我說。

「沒錯。」

我往克勞德的籠子裡一瞧。「你聽到了嗎？小子？你得要乖才行。」

克勞德直視我的眼睛，眨了眨眼。他看起來幾乎像是聽懂了我的意思。

接著他嘔出了一團巨大的毛球。

第 10 章

噢，被放逐的恥辱！還吐了毛球！我非得在這個星球上找到蛻變機不可。

回到碉堡之後，人類將我從籠子釋放出來，打開牠們從流血男人領土那裡偷來的東西。然後放在我面前……就像放上貢品似的。

牠們終於明白，我高牠們一等了嗎？這是不是表示，牠們誓死效忠於我？這眞是太棒了。

我檢視牠們的贈禮。

有個小小塔樓，四周纏繞著繩子。也許這是雕塑品？

另外還有幾個毛茸茸的假動物，牠們企圖哄騙誘拐我去攻擊跟獵殺。這是牠們心目中的軍事訓練嗎？

這些貢品**眞教人失望。**

接著牠們拿出一只盒子，倒了某種沙子進去，然後裝上一個蓋子。牠們一直把我提起來，放進去，我不知道牠們到底要我在裡頭幹麼。要我往下挖

嗎？可是爲什麼呢？

　　牠們終於端吃的出來——如果那種東西可以叫做食物的話。我知道牠們期待我吃下那些狀似小石頭的顆粒，是因爲那個大妖怪一直假裝把它們放進自己嘴裡。

　　牠自己可是不吃那些顆粒。不，人類吃的是全然不同的東西。

一股奇怪的氣味，恩，聞起來似乎蠻可口的，就從長毛人類正在攪拌的鍋子裡傳來。我把那些顆粒呸出來，跳到那個火燒金屬箱附近，想試吃那個食物，可是長毛人類將我推開。

　　真無禮！如果我身邊帶著分子碎解器，我就讓牠蒸發掉。這個妖怪到底知不知道，我是怎麼樣對付整個普希蓋貓族的？

　　我再次跳到火燒金屬箱旁，然後再次被推下來。

　　咱們走著瞧。

第 11 章

星期一早晨

日蝕山迎賓木屋 500 英尺——標示上寫著。

雖然我們開進了停車場，我還是滿心焦急緊張，一直想著是否還能逃脫這個自然營隊。

媽怎麼都不肯聽。「欸，拉吉，」她說，我們下了車，越走越遠，「對你來說，這個營隊是個絕佳的機會，可以認識大自然、學習野外生存技能、對你申請大學也有加分作用！」

「可是我才要升六年級！」我說，「而且我以為營隊的重點在於交朋友。」

「噢，對，當然了。交朋友。」媽指著一群看起來比我大兩歲的小孩。「他們如何？」她說。

媽幫我跟營隊報到的時候，我看著那幾個比我大的孩子用刀猛刺樹木。我不知道他們在幹麼，可是看起來並不友善。

　　我回頭的時候，媽已經往我們家的車子走。

「玩得愉快！」她喊著，然後就把車開走了。

　　愉快。對啦，最好是啦。

「嗨！你的**森林名字**是什麼？」

　　一個女生突然出現在我眼前，就像某個隱身在大自然的忍者。她的臉上抹了泥巴。

「我的什麼？」

　　乾涸的泥巴在她臉頰上裂開。看起來好癢。

「在日蝕營，大家都要取一個森林名字，就是

以大自然的動植物為名。我的森林名字是**雪松**。」
她說。

我還來不及說什麼，就感覺到有隻大手往下壓
住我的肩膀，我轉身便看到一個身形巨大如一台小
冰箱的孩子聳立在眼前。

「我是狼（Wolf 沃夫）。」他說。

「很棒的森林名字！」雪松說。

「那是我的真名，」那個大傢伙說，「我的森
林名字是**史提夫**。」

我和雪松面面相覷，他似乎搞錯了什麼，不過糾正他有點不好意思，也可能不是個好主意。

「你呢？你叫什麼名字？」史提夫問我。

「我叫ㄌ……」我差點說出我的真名，可是那樣不對，所以我趕緊動腦筋，「ㄌ～～ㄠˇ……老鼠。」

老鼠？我剛剛替自己取名為老鼠？森林裡有老鼠吧？

史提夫咧嘴一笑。「酷喔。」

「我們會在自然營隊學到好多東西！你們一定會很喜歡！」雪松興奮的說著，「我等不及要參加生存之夜！」

我正準備問生存之夜到底是什麼意思，就聽到嘶嘶響的奇怪動物聲音灌滿了空氣。

只是那不是動物，而是個長得很高卻瘦巴巴的傢伙，留著滿臉濃密的大鬍鬚。他站在 一個倒下的枯木樹幹上，正揮動著長長的手臂。

雪松告訴我們，這位是國家公園巡查員，也是我們的營隊輔導員。「他的森林名字是**紅頭禿鷹**。」

「他爲什麼嘶嘶叫？」我問，「他有什麼毛病嗎？」

　　「沒有。那是紅頭禿鷹的叫聲啦，你很呆耶！他用這種方式要大家到發言樹樁集合，」雪松說，「跟我來。」

　　我再次看著輔導員。我不在乎雪松怎麼說——這個人肯定有毛病。

第 12 章

人類妖怪離開以後，我獨占整座碉堡。時候到了，我要找出他們的星際瞬間移動器，回到我的星球，展開**復仇行動！**

不過，沒想到要找到瞬間移動器還滿難的。

首先，人類不知為何在不同的房間都安置了閘門。這一定就像這座野蠻星球上的其他東西，都是專門為擁有雙手和五對手指的妖怪所設計的。

可惡！牠們為什麼不願意什麼都用觸控螢幕，就像我的老家那樣？

我小睡一下，然後考慮該怎麼做。

五分鐘過後，我餓了。

飲食狀況到目前為止令人難以忍受。牠們似乎認為，給我那個臭烘烘的罐裝爛泥，是對我的款待，但我覺得這根本比那些硬梆梆的顆粒還糟糕。

牠們自己的食物則放在分成兩個隔間的巨型箱子。我使盡所有的力氣，想辦法拉開其中一個隔間。

裡頭的食物凍得結結實實。為什麼呢？

不過，第二個隔間放的東西只是冷冷的。

我把所有東西都舔過一遍。

這些人類認定是食物的東西，大多都令我作嘔。不過，有個長長的黃色長方塊還滿可口的，有個紙盒裡頭的白色液體更是美味。

我也找到了一個盒子，裡頭有 12 個光滑的棕色橢圓東西。我咬下其中一個。橢圓東西裂開來，冒出懸在濃稠透明黏液裡的一坨黃橙色東西。

我吃了下去。

太噁心了！

我吐了，吐在其中一個妖怪的足部覆蓋物裡。

第 13 章

星期一早晨

　　營隊輔導員一直發出嘶吼聲，一邊揮舞著手臂，直到我們全都聚集在他站立的發言樹樁四周。

　　接著他對我們綻放笑容。是我自己的錯覺，還是他牙齒真的好多？

　　「歡迎來到日蝕營隊，大自然新手們。我叫紅

頭禿鷹，我是你們的生存領袖。在今天的活動開始以前，先裝上我們的鹿耳吧。」

我望向雪松和年紀較大的孩子，他們都把雙手放在耳朵後面。我也如法炮製，頓時間我四周的聲音──鳥叫、風聲、蟲鳴──都變大了。

「這就是……大自然的聲音！」紅頭禿鷹說。

其實，聽起來滿不錯的。沒有我原本想的那麼令人毛骨悚然。

「有些人擔憂，人類即將摧毀這個星球，可是等我們走了以後，地球還會存在很久。大自然是無法被毀滅的，」紅頭禿鷹繼續說，「另一方面來說，人類可就不是了。」

他誇張的停頓一下。

「不過，如果你們學習跟大自然共處，就有希望。當你們開始理解大自然的祕密，也許就能夠從未來倖存下來。當你們再也不會想買什麼就買，像是商店裡的汽水、滑板、長褲──」說到這裡，他直直望著我，「或是漫畫。」

我覺得背脊竄過一陣寒顫。他彷彿可以看穿我的靈魂！

接著他綻放笑容，又露出滿嘴牙齒。「第一步

就是要學習怎麼在大自然裡行動自如，」紅頭禿鷹繼續說，「有人知道要怎麼做嗎？」

看來大家都舉起了手，除了我之外，但紅頭禿鷹還是點我發言。

我嚥了嚥口水。「唔，有一次，我爸開車和我下了公路到休息站，休息站的停車場後面很大自然，我們在那裡散了個步，結果大迷路，不過我們用谷歌地圖找到去漢堡店的路。」

大家只是盯著我看。

「呃，然後我們叫了輛車，載我們回到……恩……休息站。」

別的孩子開始竊笑，等著看紅頭禿鷹要說什麼。

那位營隊輔導員對我瞇了瞇他細長的眼睛。「你現在帶著手機嗎？」他問。

我說是。

他驚恐的打了哆嗦。

「還有其他人也帶了科技用品嗎？」

史提夫舉起手。「iPad算嗎？」

有個年紀比較大點的孩子——我聽到有人叫他蠍子——說：「這些小鬼真是一群**魯蛇！**」

紅頭禿鷹押著我和史提夫走到掛著歡迎標示的木屋那裡，逼我們把 3C 產品放進他所謂的違禁品暫存區裡。接著他帶著大家穿過巨大的日蝕營隊拱門，他說穿過那道門，就是從文明進入了大自然。

　　我穿過去的時候，紅頭禿鷹皺了皺鼻子。「這位隊員，你身上有很濃的文明臭氣。」

　　他並沒有恭維的意思，但我就當作是。

第 14 章

　　我小睡一下之後，繼續尋找瞬間移動器。

　　整座碉堡四處散落著大型棕色箱子，我發現這就是人類儲放科技用品的地方。如果那談得上是科技的話。

　　一切都如此原始。而且根本沒一個管用！

　　我火冒三丈，猛拍某個裝置上的細薄黑尾巴。它們的科技用品幾乎都帶著尾巴，尾尖有兩個或三個銀色分岔。這是一種裝飾嗎？

　　畢竟，加條尾巴確實讓一切都變得更養眼。

　　接著我注意到牆壁上有好幾個洞，大小就跟那些尾巴上的分叉相同。也許那就是動力來源？

　　我將分叉插入牆壁，那個東西朝我的臉**猛噴熱氣**！

可惡！

我把它關掉，開始將更多尾巴分叉插入牆壁上的小洞。

結果令人失望至極。這些人類的設備大多都跟製造光線或熱氣有關。再多搜尋一下，我找到我原本希望是光子槍的東西，可是末端的電線裝置卻射不出十千兆焦耳的電流。它們只是繞著轉。

我無法想像這個東西是做什麼用的。連重創一個敵人都辦不到！

往好處想，那些棕色箱子本身就令人滿意。就像我們家鄉美好的就寢區。我進了其中一個，打了個小盹。

恢復體力之後，我又檢查了更多箱子，可是希望渺茫。這些人類妖怪沒有多相線圈，沒有光子擾頻器，更不用說星際瞬間移動器。

我必須借用牠們使用的這些垃圾物品，想辦法親手打造一台出來。這得花上幾個星期！而我又要在哪裡工作？

我唯一享有一丁點隱私的地方，就是那個裝滿沙子的附蓋箱子。

我把看來最有潛力的科技工具帶進箱子裡，開

始拆解。這個東西配備計時裝置,還有旋轉盤,還會製造輻射,應該可以派上用場。

對了,我終於明白,牠們希望我在這個箱子裡做什麼:

尿尿,還有大便。

這些人類顯然想要蒐集貓族排泄物。原因是什麼,我完全不明白,可是我拒絕供應給牠們。

我到牠們便溺的地方解放:在一個設有閃亮白色碗狀物的房間,碗裡有一小池液體裝到半滿。

只要一壓控制桿,尿尿和便便就會沖走,彈指之間,一汪新鮮的淨水又出現了。

這肯定是牠們最有意思的裝置。

不過那些人類到底上哪去了?牠們離開的時間,我已經睡了很多段小睡。牠們會回來嗎?

我擔心牠們在外頭的某場戰役中輸得很慘烈。

第 15 章

星期一傍晚

「所以，你在自然營玩得愉快嗎？」我媽下班回家的時候問我。

「那是野外求生營隊耶，」我說，「妳替我報名以前，有沒有先讀過資料？」

「當然有！這是你的新學校推薦的！」

「唔，那裡並不好玩。我們玩了『躲起來，還是被吃掉』的遊戲。」

「聽起來滿有趣的。」她說。

「很可怕好嗎！」

真的很可怕。我們被分成兩組：掠食者和獵物。雪松告訴我，那只是大自然版的鬼抓人遊戲，可是蠍子和他的死黨把「輸或贏」這個概念看得太認真。他們心目中的鬼抓人就是把年紀較小的孩子推進泥巴，試圖踩踏我們。

「看來你在營隊裡還做了點手工藝。」媽舉起

我的名牌，是一個木片掛在麻線上。「老鼠。爲什麼上頭寫的是老鼠？」

「那是我的森林名字，媽。是用鮮血寫成的。我的鮮血。」

「你真有想像力，拉吉！」

其實只是甜菜汁，但說是鮮血也無妨。

「不過，你的筆跡真的需要再加強。」她說。

我趁她還沒指派手寫字練習給我以前，跑去找克勞德。我卻先找到了爸爸，他正在廚房裡遊蕩，滿臉困惑。

「你有沒有看到我的手電筒？」他問，「或是微波爐？」

「抱歉，沒有耶。」

他把頭探進其中一個搬家箱子。「我發誓它原本在這裡頭……」

我聳聳肩，繼續找克勞德。

接著我聽到地下室傳來匡噹匡噹的吵鬧聲，於是我下樓去。聽起來像是從……貓的砂盆傳來的。

「克勞德？」我說。

匡噹聲嘎然而止。

兩秒鐘過後，克勞德踏出砂盆。他頭一次露出

了小狗的心虛表情。

　　「喔，好了，好了，小子！」我說，「用砂盆你不用覺得難為情啦！來，我來幫你清。」

　　我走去要掀開蓋子時，克勞德發出嘶聲，對我揮掌。

　　「哎唷，好啦！」我說，「你的空間！我懂。我也不喜歡我爸媽進我房間。」

　　我聽到爸在樓上的前門那裡大聲喊叫。

　　「我的鞋子裡有什麼？」他嚷嚷，「難道是

——噢！唷！好噁！克勞德！」

第 16 章

男孩人類回來了，打斷了我的工作，我只好把我完成的東西先埋在沙子底下，故作一臉無辜。

那天餘下的時間，我更仔細觀察那些人類，試圖理解牠們的作為。

有件怪事是牠們進食的方式。牠們為什麼要用金屬工具和武器，將食物往上帶到嘴裡，而不是嘴巴往下湊到盤子那邊？牠們有可能笨到沒想到可以這麼做嗎？

我突然想到，也許這樣的行為——以及這座碉堡裡缺乏科技設備——並不是全體人類的普遍狀態，而是這幾個人類才這樣。

關於牠們，我另外發現了幾樣令人失望的事情：

1、牠們既不是軍人，也不是戰士，更不是任何一種士兵。

2、牠們從碉堡拿出去的武器組其實並不是武器。裡面大多裝滿了零食。

3、牠們的碉堡並不是碉堡。而只是普通的住

所。一個家。

4、牠們並不全然相同。頭上留著長毛的那位是雌性。另外兩位是雄性。貓咪的性別很好分辨，我不知道人類爲什麼這麼難以辨認。

最後一項事實不算令人失望，可是就動物學來說還滿有趣的。不過，前三個讓我想到，也許我的人類並不是牠們這個物種最好的樣本。也許其他更強大的人類有更優良的科技設備。像是星際瞬間移動器。

爲了查明這點，我必須逃離。

第 17 章

星期二早上

　　我幾乎還沒睡醒，媽就拿了早餐給我，然後把我塞進車裡。十分鐘過後，又把我丟包在日蝕營隊的營本部裡。

　　「要活下來喔！」她邊說邊把車開走。

　　我把手機留在違禁品暫存區裡，循著嘶吼聲走到發言樹椿那裡。我不知道我比較不想看到哪個——蠍子和他的惡霸死黨，或者是我們的輔導員，他正準備要開始晨間談話。

　　「今天我們要開始學習森林的語言！」紅頭禿鷹宣布，「野生動物跟大自然合而為一，牠們會留下足跡和記號，讓我們可以循線追蹤。有人可以跟我說這兩種有什麼差別嗎？」

　　雪松馬上舉手。「足跡指的是動物腳印，其他都算記號，」她說，「像是樹上的爪痕，或是一大堆的熊糞便。」

「很好，」紅頭禿鷹說，「我們一定兩種都要留意。好了，夥伴們，跟我來！」

我們邁步走進樹林裡，不久我就暈頭轉向，根本不知道我們置身何處。

「如果你們在森林裡迷了路，可能會無止盡的繞著圈子走，永遠出不來。可是如果你們找到這種東西，就得救了！」紅頭禿鷹指著土地上磨出來的狹窄足跡。「鹿的足跡永遠會通往某個地方，因為呢，鹿跟人類不一樣，絕對不會繞著圈子走。鹿永遠不會迷路。」

他帶我們更深入樹林，然後要我們各找一條鹿的足跡，利用它回到發言樹椿那裡。大家馬上就找到了一條。

除了我之外。

幾分鐘內我就迷了路，孤單一人。

我沒完沒了的遊蕩著，覺得愚蠢又害怕，最後終於跌跌撞撞的回到大家身邊。紅頭禿鷹正站在發言樹椿上，講解鳥類鳴叫所代表的意思，講到一半，大家都戴上了鹿耳朵。

「看吧？我就跟你們說，老鼠最後還是會找到路的。」紅頭禿鷹快活的說。

「歡迎回來。」雪松輕聲說。

紅頭禿鷹開始吹出高亢短促的哨音，再來發出俏皮的嗶嗶聲。「你們剛剛聽到的聲音是褐色旋木雀和黃喉地鶯！」他告訴我們，「多數人以爲鳥鳴只是悅耳的音樂，可是其實是打招呼、求偶、警告的聲音！鳥類是森林的傳訊人，連牠們的沉默都在傳達訊息。有人能告訴我，爲什麼你們在自家小院子裡聽不到這麼多鳥鳴？」紅頭禿鷹問。

「樹不夠多？」有個小鬼說。

「車子太多？」另一個猜。

「除草機的關係！」史提夫說。

紅頭禿鷹若有所思點點頭。「這些推論都有道理，」他說，「可是主要都要怪一個罪魁禍首──一種兇惡的掠食者。」

他銳利的雙眼掃過我們，可是沒人敢猜。

「**就是貓！**」紅頭禿鷹大喊，「不管牠們遊蕩到哪裡，都會獵殺鳴鳥。事實上，唯一比人類更有破壞力的生物，就是被馴養的家貓！」紅頭禿鷹的語調冰冷起來。「如果人類眞心關懷大自然，就會禁止這些野蠻邪惡的生物踏出家門！」

克勞德──邪惡？這也太荒謬了。

「要是貓可以成爲瀕危物種就好了！」紅頭禿鷹開心的喊道，「因爲，等那一天到來的時候，我的朋友們，鳥類會再次喜悅的放聲高歌。」接著他跳下發言樹樁，四處舞動四肢，發出很多啁啾鳴囀的聲音。

我轉向史提夫。「我們的輔導員瘋了。」

這點讓我現在就想跑回家看我的小貓。

要是我知道路怎麼走就好了。

第 18 章

　　我看著人類妖怪消失在牠們的坦克裡。（唉，那只是設有馬達的拉車，根本沒有火箭發射裝備。）

　　我從窗邊跳下，走到前側閘門。透過仔細的研究，我發現那個東西利用簡單的拉桿來運作。我只要朝上伸掌，往下一拉，哈！我就自由了！

　　我近來在監視這個區域時，發現了更多的地球貓，我希望其中有貓會知道，當地哪些人類手上握有最先進的科技設備。

　　我看到馬路對面有隻灰條紋的肥軟虎斑貓，他從不離開某扇窗戶，彷彿黏在了上面。

我對那隻貓不抱什麼希望。

不過，在我後面的那座碉堡裡，住了隻橘貓，她透過特別為貓族設計的推門，可以自由進出她的家。至少，在這裡，有些先進科技的證據。

我快步走向那扇貓咪大小的旋轉門。按照那隻橘貓的方式推擠，可是毫無動靜。我用腦袋更用力推，還是沒有反應。

難道是靠虹膜掃描運作的？或者是 DNA 成像？這真是複雜精密的科技啊！

我在附近的樹叢裡等待，最後那隻橘貓終於出來做晨間運動。

「你好啊，貓族姐妹！」我說，從樹叢走出來。

「喵嗚嗚！」她說，傻愣愣的對我眨眼，「喵嗚嗚？」

噢不——不會又來了吧！

第 19 章

星期二下午

營隊說明裡提到我們不必自己準備午餐,因為營區會供應食物。這真是誤導人。

「只要你們知道怎麼搜尋食物,森林就會餵飽你們!」紅頭禿鷹宣告。

他向我們示範,要怎麼找出莓果、野生蒜頭、菊苣、香蒲。那些植物並不難找,可是大多嘗起來像割下的雜草。

史提夫因為不認真聽怎麼摘取跟準備刺人蕁麻,因此學到了痛苦的教訓。雪松叫我過去看她在倒落的樹幹下方找到的東西。看起來像米粒,我不知道樹木下面會長米。

然後那些米粒動了起來。

「真會找!」紅頭禿鷹歡喜的呼喊,「蛆、甲蟲、幼蟲都是野地餐點的關鍵!」

接著他抓起一把那些蠕動中的白色東西,放進

嘴裡。「要記得，重點不是滋味，而是生存！」

如果這就是生存，那我寧可餓死。

我們回到發言樹樁的時候，紅頭禿鷹說我們組隊的時候到了。

「我們什麼？」我問雪松。

「我們的大自然生存團隊。」她說。

「我們為什麼需要團隊？」

「為了生存之夜啊，」她說，「要是沒組隊，你撐不過五分鐘的。」

「妳的意思是說在遊戲裡，對吧？」我說，「對吧？」

雪松只是對我微笑，一面小口啃著香蒲塊莖。

我很怕沒人願意挑我，可是當紅頭禿鷹要雪松組隊的時候，她指著我跟史提夫。

「有趣的選擇。」紅頭禿鷹狐疑的說。

接著紅頭禿鷹問蠍子誰在他的小隊裡。

「蛇、蠑螈。」蠍子說，指著身旁的兩個小鬼。蛇又高又瘦，蠑螈身形矮小，長了點點雀斑，留著細細的長辮。兩個相貌都不友善。

「一群冷血動物是吧？」紅頭禿鷹說。

蠍子點點頭。「我們最早來到這個星球，也會

撐到最後。」他們互相擊掌。

紅頭禿鷹綻放笑容。「我喜歡你們的精神，還有你們的森林名字。不過，蠍子是這個地區的原生物種嗎？」

「不是，牠們是沙漠來的！」我出聲，「艾爾巴這裡比較像溫帶雨林，所以蠍子在這裡其實格格不入。」我好興奮，我終於知道一點東西了。謝謝你，五年級的生物單元！

「老鼠，你可能沒有我原本想的那麼無知，」紅頭禿鷹說，「我想你們小隊的生存機會應該有所提升了。」

現在，雪松、史提芬伸手跟我擊掌，我對自己感到相當滿意，最後看見蠍子的目光惡狠狠的射向我。

太好了。我在這裡還沒真正交到朋友，卻已經樹立了敵人。

第 20 章

「喵嗚！」

跟貓監獄市集裡那些貓講的是同一個字眼。可是到底是什麼意思？

「小姐，拜託，」我慢慢的說，「我叫威斯苛，是砂盆星的大王，我想針對人類以及牠們的科技，尋求一些答案。」

「喵嗚？」她說。

不管我怎麼努力溝通，她都重複同一個字眼：「喵嗚！喵嗚？喵嗚嗚嗚！」

她腦袋一定受過傷。也許那扇旋轉門打中她的腦袋太多次。

我別無選擇，只能接近那隻肥軟的虎斑。

我越過馬路，跳上肥軟虎斑的窗檯。那隻貓立刻露出頭幾個生命徵象。他弓起背，炸膨毛，然後開始嘶嘶叫。

是**刺客姿勢！**

這景象溫暖了我的心。至少這些地球貓不全都是些溫順的笨蛋。

「拜託，貓族兄弟，」我說，「我無意挑起爭端！只是想針對稱之為人類的那些食肉妖怪，尋求一些資訊。」

「喵嗚！」他喊道，「喵嗚！喵嗚！」

這種事有可能嗎？這些地球貓族只懂得一個字眼？而且還是個毫無意義的字眼？在這個陰慘的星球上過了上千年，一定害整個貓族都變蠢了。要不是親眼所見，我絕對不會相信！這就是他們永遠推翻不了人類的原因。

他們變得甚至比人類還愚蠢！

我別無選擇。我知道，如果我要離開這個悲慘兮兮的星球，就必須學習關於這些妖怪的一切——而只剩一個辦法了。

我必須入侵牠們的大腦。

第 21 章

星期三

「有人看到小烤箱嗎？」我爸在早餐的時候問，他正無助的捧著兩個軟趴趴的麵包，「我現在真的很需要。」

我媽咧嘴笑了。「我還以為你只需要你珍藏的簽名球。難道它沒辦法烤麵包嗎？」

怪了──我們家的小電器好像都不見了。當然了，我看過爸爸花一小時找汽車鑰匙，但明明就在他口袋裡，不過最近這些事也太多太奇怪了。

「真是個謎團，」我說，「不然我待在家裡別去營隊，幫忙拆箱整理，這樣我們就能查個水落石出？」

「省省力氣吧，親愛的，」媽說，「現在上車去。」

在發言樹樁那裡，紅頭禿鷹正滔滔說著今天的活動：釣魚。

「用你們自己編織的籃子，在溪裡撈魚。然後自己剖魚、燒烤，吃掉自己的獵物。」

我舉起手。

「呃，我不吃肉。」我說。

紅頭禿鷹一臉驚恐。

「是文化的關係，」我說，「我們全家都吃素。」

這不完全是真的。我媽的家人來自印度卡納塔卡邦，嚴格茹素。不過爸爸偷吃漢堡的頻率多過於他肯承認的。（我們迷路那天最後會到漢堡店去並不是偶然。）

紅頭禿鷹只是嘆口氣，要我負責編織籃子。

蠍子舉著他用斷落樹枝做的長矛。「你知道大家都怎麼叫在樹林裡吃素的人嗎？」他對我說，「獵物。」

我嚥了嚥口水。

其他人中餐都大吃特吃。我餓到當爸爸來接我時，我把那半包從四年級就放在椅背袋子裡的兔子脆餅，狼吞虎嚥吃個精光。

營隊讓我筋疲力竭。我幾乎一回到家就倒頭大睡。我做了個很古怪的夢。我回到了營隊那裡，

小鳥鳴唱得好大聲，我聽不到紅頭禿鷹在講什麼。
他開始將鳥食倒在我頭上，小鳥飛下來，開始對我
啄－啄－啄，然後……

　　我就醒來了。

　　可是我依然有被啄的感覺，就像頭皮上扎了針
似的。

　　痛！

　　是克勞德！他正用腳掌揉著我的腦袋。

「喵嗚？」克勞德說。

這是他頭一次真正發出貓叫聲！好可愛喔！

不過，貓爪扎進我的額頭，真的好痛。

第 22 章

我正準備完成「心靈融合」妙技時，小人類醒來了。

可惡！

「喵嗚？」我說，假裝是個可悲的地球貓。

那個妖怪被我的詐術所騙。真是笨蛋！

雖然我還沒完成心靈融合，可是已經在這男孩妖怪的腦袋裡探索夠多，得知自己所需要的資訊了。首先，我現在知道我永遠不想再進入人類的心靈。這種生物的頭顱有如沒有出口的幽暗洞穴！可是至少我現在可以明白人類的語言，以及牠們的一些作為。

結果發現這個年少妖怪有個名字：拉吉‧班內傑。長毛妖怪是「媽媽」，而那個乏味的大個子是「爸爸」。

令人沮喪的是，牠們沒有一個對科技有絲毫概念。牠們從沒去過任何一個星球！

我現在明白，這就是關於人類的悲哀真相。

我也得知別的事情，真正詭異的事：男孩妖怪

「愛」我。

這份「愛」是一個貓族完全沒有的概念。這是一種感情，像是驕傲或侵略？或是某種疾病？

我懷疑是後者。

這種病症最令人不解的現象就是，一個妖怪會選擇服侍另一個牠愛的妖怪──或者是牠愛的動物。這些人類真是怪透了。

這個男孩將赤裸的掌子搭在我頭上，動作輕柔的搔搔我的耳朵。意外的是，我並不介意。

接著我突然想到了。

男孩妖怪有靈長類的對生拇指！這表示他可以幫忙我打造瞬間移動器。

既然牠罹患了這種稱為愛的疾病，牠肯定會對我言聽計從。

呼嚕嚕。

第 23 章

星期五傍晚

晚上九點，我這輩子最悲慘的第一週終於結束了。我真的跛著腳走進我的臥房，然後鎖上了門。

克勞德正睡在我的枕頭上。

「你是隻貓，真是幸運，」我邊說邊爬上床，把被子拉到下巴那裡，「你可以整天在屋子裡躺來躺去，我卻必須去參加那個變態生存營。」

克勞德一躍跳上窗台，然後擺出長了毛的滴水嘴獸姿態。

「我還以為昨天是最慘的。我們必須沿著山坡，上上下下跑五次，還要抓著樹枝做引體向上運動。然後還要推滾大石頭。」我揉揉水泡。「紅頭禿鷹說這是森林奧運。之後他要我們自己削木材製作長矛，原本還滿酷的，直到史提夫不小心坐斷了我的矛。然後蠍子一直假裝我是他獵鹿皮的標靶。」

克勞德甩甩尾巴，從窗邊一躍而下，開始用掌

子扒門。

「你不能走，克勞德，」我說，「因為我要跟你講講今天的經歷。紅頭禿鷹說我們不能再穿鞋子了，逼我們把鞋子放進違禁品暫存區裡。他說光腳走路叫接地氣，說人類打從開天闢地以來就這樣了。「接地氣」會讓你們跟這個星球的自然靈性接觸，讓你們可以汲取地球的能量。

說得好像我們會得到超能力似的，這原本還滿酷的。但岩石很尖銳，你知不知道有多少種植物帶刺？」

不知怎的，克勞德現在朝著門鎖往上跳，發出他專屬的那種受虐似的瘋狂號叫。

「你的叫聲聽起來就像我感受到的痛苦。我向紅頭禿鷹討 OK 繃，可是他說割傷只是有一點不方便，是得到森林腳的必經歷程。」

我被蟲子咬了上千個地方，我搔著其中一處。

「他跟我們講的最後一件事，就是我們應該好好享受我們的週末，『因為生存之夜過後，你們的**人生將再也不同於以往！**』你相信嗎？超扯的，對吧？」

克勞德現在只是瞪著我，猛甩尾巴。

他神情裡的同情就跟我媽在晚餐的時候不相上下，當時我問她，我能不能蹺掉營隊的第二週。她說，想都別想。

　　「拉吉已經努力整個星期了，親愛的。」爸強調。

　　我媽對這個說法完全無動於衷。「我們絕對不放棄，」媽說，「班內傑家的女漢子做事永遠有始有終！」

　　「可是，媽，我又不是女漢子！」

　　「那不是重點。」

　　換句話說，我得回營隊去。

　　我跳下床，將臉湊近克勞德的臉。

　　「我只希望沒有日蝕營隊，沒有奧勒岡，真希望我可以回到布魯克林的家！」我說，「這裡的生活太艱難了！」

　　接著克勞德說了點話。

　　講的是英文。

第 24 章

我被困住了！困在那間鎖上的臥室，聽著那個男孩人類無止無盡的可悲抱怨！

我寧可讓我毛皮上的毛髮被一根根拔除，也不要再多聽一個字。我非得說點什麼不可。

「你可不可以別再鬼叫，然後閉上嘴巴！」

唔，也許我不應該說這種話。

那個人類的下巴一掉。他從我面前退開。

「克勞德？」他說，「你剛剛跟我講話嗎？」

他的語氣裡有恐懼。我喜歡。

我考慮偽裝下去，說「喵嗚」。他會以為自己發瘋了——這個想法真美妙！——可是，如果我想回到家鄉，我需要這個男孩人類的幫忙。

　　我得靠三寸不爛之舌來說服他。

　　「地球的拉吉・班內傑，」我以威嚴十足的語氣說，「我不是這個星球上的生物。我來自宇宙另一側的高等先進世界。」

　　這個人類現在似乎說不出話。我不確定這是出於敬畏、恐懼或是低等的蠢笨。

　　「不過，我並不是普通的太空貓。在我的星球上，我曾經帶領一場輝煌的侵略——呃，我是說，革命——一場輝煌的革命，並且以……以……以和平為基礎——是的，是的，和平！——將所有的貓咪凝聚起來。」我發出呼嚕聲。「我以仁慈寬厚的帝王身分，統治著我的星球。」

　　那個人類只是對我眨眨眼。

　　「好吧……」男孩妖怪慢吞吞的說，「所以我的貓是個……來自外星的帝王？」

「**仁慈的**外星帝王。」

「仁慈的外星貓大帝。」

他的迷你腦袋似乎正在消化這項訊息。他有可能這麼容易上當，並且採信我的說詞嗎？

「那實在太酷了！」他說，重新活了起來，「我真不敢相信！我是全世界最幸運的小孩！」

接著男孩人類開始連珠砲似的問問題。

「你怎麼會講人話？」「你怎麼過來的？」「你為什麼要離開你的星球？」「你住的那邊有人類嗎？」「有小狗嗎？」「那裡有重力嗎？」「你們有多少個太陽？」「我可以看你的太空船嗎？」「你看過黑洞嗎？」「你為什麼要來地球？」「你去過火星嗎？」

「**夠了！**」我說，「我的副手貓背叛了我，結果我被放逐到這個星球！」

「噢，」男孩人類好奇的看著我，「嘿，那你的外星名字是什麼？」

「外星名字？我的真名是……」我說，「威斯苛（Wyss-kuzz）！」

「噢，好可愛！你的名字竟然是貓鬍鬚（Whiskers）！」

「不不不──不是貓鬍鬚！」這些人類的舌頭浮腫胖大──沒辦法正確發音！「是威斯苛！威斯苛！」

男孩妖怪聳聳肩。「聽起來明明像貓鬍鬚。」

我曾經為了更輕微的侮辱，讓外交官和國王蒸發不見，可是我需要這人類的幫忙才能回家鄉，只好對他網開一面。

第 25 章

星期六

　　我那天早上醒來，確定一切都只是夢境一場。

　　我立刻去找克勞德，但他不在廚房裡，也沒望著前門窗外，更不在老位置上打盹。他在哪裡呢？

　　我原本想再多找一陣子，可是我得先上洗手間。我打開了門。

　　「喂，太失禮了吧！」

　　克勞德正坐在馬桶上讀《華爾街日報》。

「噢，抱歉！」我說，趕緊關上了門。

哇。我的貓真的是**外星貓！會說人話！**又

會閱讀！而且還**會用馬桶！**

酷斃了！！！

不只這樣——還統治過整個星球！他以前是個帝王，而且是個仁慈的帝王。

一個仁慈的外星貓大帝！

全都是真的！

我擁有**有史以來最棒的寵物！**

而且我有多到不得了的問題想問。

「你有什麼外星特異能力？」我在門外小聲的問：「你跟人類一樣強大嗎？你們在貓星球上怎麼生活？那裡有氧氣嗎？樹木呢？老鼠呢？房子呢？」

我等他回答，可是不知怎的他對我低嘶。

「你是怎麼把自己的星球凝聚起來的？」我繼續說個不停，「你的星球有多大？那裡的貓都怎麼打架？用武器嗎？他們會在太空打鬥嗎？！」

自從我在二年級時班上去天文館校外教學之後，我就一直對太空著迷不已。

「還有很多星球上面也有生命嗎？」

「你怎麼在太空旅行的？」

「太空旅行像怎樣？」

「我可以在太空旅行嗎？」

我聽到另一個嘶聲，接著是沖馬桶的聲音。

「我等不及要跟布魯克林的朋友說！」我說，「他們不會相信我竟然有隻外星貓！」

門猛的打開，克勞德正站在門口。

「不行！」他說，狂甩尾巴，「我在你們星球上這件事一定要保密！誰也不准說！」

「什麼？」我說，困惑不已，「為什麼？」

克勞德一舉躍上走廊的書架頂端，現在跟我的眼睛同高。

「**誰──也──不准說！**」他惡狠狠的說。

「好啦，好啦。」我邊說邊舉高雙手。

克勞德炸膨了尾巴。「我們面對的是非常嚴肅的事情。」

「我誰也不會說的，我保證。」

「我現在更關心另一件事。」他舔了舔腳掌後，雙眼直直盯著我的眼睛。「我需要你幫忙。你

會幫我吧，拉吉？」

　　「當然，」我說，「我什麼都願意做！」

　　他發出呼嚕聲。

　　「我需要你幫我一起打造瞬間移動器，」他說，「這樣我就能回……砂盆星去！」

第 26 章

男孩妖怪臉上掛著愚蠢至極的表情。

「砂盆?」他說,「可是你在這邊已經有我們替你買的砂盆,還附有扣鎖蓋,配備應有盡有!」

這一次,我得卯盡全力才能忍住不撲向他那張開心到一臉蠢相的臉龐。

我用一掌捋了捋鬍鬚,讓自己平靜下來。

「也許你最好不要嘗試念砂——呃,就是我星球的名字,發音太過精細複雜。」我說。

男孩妖怪臉上的表情告訴我,他大腦裡有些神經突觸終於起了反應。

「等等,你說什麼?」他說,「你想回你的星球?」

也許我錯了,他的大腦仍然沒有運作。「我當然想回我的星球!」我喊道。

突然間,男孩人類不再開心。事實上,他露出一副受傷的樣子。這有可能跟人類那個奇怪的跟「愛」的疾病有關嗎?

「你想離開?」他說,「可是你才剛來!」

爲了得到這個人類的協助，我必須讓他冷靜下來。

　　於是我撒了謊。

　　「我非回家鄉不可，不是爲了我自己。欸，我是很樂意留在這裡，在這個……這個……美妙的星球上。」我覺得自己又快嘔出一顆毛球。「不過，我非得返鄉回到我的星球不可，這樣才能征服——呃，是拯救我留在家鄉的那些可憐貓咪。」

　　「可是在這裡，我只有你這個眞正的朋友。」男孩妖怪說。

　　接著一滴滴的水開始從這個人類的眼睛滲出來，滑落他無毛的臉龐。這個生物到底有什麼毛病啊？

　　「我想跟你一起去。」他嗚咽，一面抹去眼睛流出的液體。

　　「噢，眞希望你可以跟我一起走。」我說。

　　我當然又說謊了。

　　可是接著我想，對！跟我一起走。想像一下！要是我方陣營裡有個巨人，對我攻克砂盆星將會大有助益。我會變得**所向披靡！**我現在就能看到利牙將軍臉上的恐懼神情！！

呼嚕。

對於智力有限的人來說，太空旅行想來當然很嚇人。可是要是我能讓他自己的星球，也就是這愚蠢的地球，顯得比嚇人還慘呢？說到底，之前的心靈融合，已經讓我知道不少這男孩妖怪在此地的前景──著實堪憂啊。

「噢，要是你能跟我一起來，該有多好！你肯定會愛上我的星球！」我說，「可是你有你那個絕妙的生存營要先完成。而且這座新城市等著你好好發掘，還有你一定要去上的新學校！你肯定會很受歡迎。年紀大一點的小孩人類，一定會熱烈歡迎你。」

小人類一副要咳出一顆毛球似的。

這是我到目前爲止最邪惡的計畫！倘若我能說服他跟我一起走，這個恐怖的男孩妖怪將會成爲我的單兵軍隊！我會用繩索將利牙從尾巴吊起來，而大王的寶座將會再回到我手上！

咻咻，我猛甩尾巴，呼嚕，呼嚕嚕，想了就舒服啊！

第 27 章

星期日

失望這兩個字並不足以形容我此刻的感受。

當紐約尼克隊輸了比賽我會感到失望。

當冰淇淋店剛好賣光了巧克力口味,我會感到失望。

當我不小心把一疊新漫畫忘在地鐵車廂裡,我也會感到失望甚至沮喪。

可是現在發生的是,我發現我的寵物是個仁慈的外星貓大帝,卻在隔天知道他就要離開?這比任何令人失望的事,都還讓我失望十億倍!

更糟的是,我還得幫忙他離開!

「人類!專心點!」克勞德說,「先把兩極真空管跟電容器排成一直線,再將磁電管往左移七度。」

「啊?」

克勞德嘆口氣，對我搖搖頭。

我們在地下室，周圍都是從微波爐、攪拌機、吹風機、藍光播放器拆解下來的零件。

我終於知道我們家電器的下落了：直接進了克勞德不用來便溺的砂盆，或者照他所稱呼的──進了他的「工作站」。

謝天謝地，他讓我把整個行動從砂盆搬到了地下室的工作間。那裡有一堆前幾任屋主留下來的工具，而且是我爸媽永遠不會進去的房間。到現在我們已經忙了幾個鐘頭。

「對，像那樣排起來，」克勞德說，「不，稍微往右移回來一點……用你的拇指！」

「抱歉！」

跟克勞德一起打造東西滿有趣的，前提是我不去想我在做的是什麼東西：一個要把我寵物帶走的裝置。

不過，克勞德常常大吼大叫。我沒辦法按照他書寫下來的說明書進行時，他會特別生氣。

「第 17000 點說，你一定要讓能量粒子密度緩衝器繞過船尾共振線圈，」克勞德說，「還不夠清楚嗎？！」

問題是我讀不懂他用外星貓掌寫下的字跡。那些字就我看來，就像充滿爪痕的貓抓板。

　　我從密度緩衝器上——不管這是什麼——將小小螺栓轉出來時，我問克勞德，他是否想念自己的家鄉星球。

　　「當然想念了！」克勞德說，「那是個無比神奇的地方，超乎人類的理解力，在那裡，我以鋼鐵般的意志和手段統治著一切！我說話的時候，眾貓都會顫抖！我的嘍囉——」

　　「我還以為，你說你是個仁慈的帝王。」我說。

　　「噢，是的，」克勞德說，「我剛剛只是在說笑。我跟你說過呼嚕宮殿嗎？」

　　我忙著打造瞬間移動器時，克勞德描述了他家鄉星球的奇妙之處。

　　「跟你說，砂盆星的 87 個月亮，每一個我都想念，」克勞德說，「我甚至想念第 74 號的有毒黃色大氣層。」

　　「布魯克林的全部，我都想念，」我說，「連城市裡運河中有毒的綠水，我也想念。」

　　「人類，」克勞德嘆口氣說，「原來我們兩個都被放逐了啊。」

第 28 章

　　人類有種原始的訊息分享系統，稱作「網路」，我們利用這個東西，找到製造瞬間移動器所需要的零件。為了買到這些必要零件，男孩人類把一串數字輸進觸控螢幕，並說，「還好我爸從來不檢查他的信用卡帳單。」

　　我不懂那句話的意思。

　　人類下好訂單之後，我走到前門。

　　「你在幹麼？」他問。

　　「要去收件啊。」他是有多笨啊？

　　「可是要兩天後才會寄達。」男孩人類說。

　　「兩天！」我說，「什麼樣的網路訂單取件需要兩天時間？」

　　這個愚蠢的原始的世界真教人崩潰！

　　「你為什麼需要吸塵器？」男孩人類問，「或是光子邏輯閘？」

　　男孩人類無止無盡的發問讓我無聊起來，於是我打了個盹。儘管有所延遲，我們在製作裝置上還是有了斬獲。經過計算，再四天，我便能返回家鄉。

利牙將軍將會後悔莫及，想到當初跟我干戈相向的那天！現在的我，幾乎能嘗到雪恥復仇的滋味！

第 29 章

星期一

連以星期一的標準來看，這都是個爛透了的星期一。

真不敢相信我要離開我那隻會講人話的外星貓，再到日蝕營去吃一週的苦頭。這個星期將以生存之夜作為結尾！老實說，相較之下跟克勞德一起搭火箭衝進太空，可怕的程度感覺還比較低。

「可是那是遊戲，」媽在早餐的時候說，「你明明很愛遊戲。」

「我喜歡的是桌遊，媽，」我說，「不是拚了命盼望自己別死掉的那種生存遊戲。」

我告訴她，我拒絕再回去一星期。

但我們還是一起上了車。

車子默默滑進日蝕山的停車場時，我的心陡然一沉。我把手機和鞋子留在違禁品暫存區，心驚膽跳的走向發言樹樁。

「我們這個星期要以小隊挑戰作爲開場，」紅頭禿鷹興奮的宣布，「等於替你們做預備，以便從末日浩劫存活下來。這個訓練也是爲了活過⋯⋯**生存之夜！**」

紅頭禿鷹直直望著我。

「生存之夜不只是一場遊戲，」他說了下去，「漆彈大戰是個遊戲，《龍與地下城》是個遊戲，但**生存之夜可是來眞的**。足足二十四小時，你們會活在末日世界。」

接著紅頭禿鷹的語氣變得非常輕柔。「時間設定在西元 2047 年，全球暖化使得海洋上升一百英尺。世界經濟因此毀於一旦。科技蕩然無存！網路**已死！**」

我倒抽一口氣。

「殘存下來的少許人類登上了高地，只有適應得了的那些會存活下來。你們必須問自己的問題是……你會不會是當中的一個？」

「會！」蠍子大喊，他和其他的冷血動物隊員一起歡呼。雪松也是。

「妳幹麼鼓掌啊？」我低語，「聽起來很可怕耶！」

「會很精彩的！」雪松說，「這就是我們想來參加營隊的原因啊，老鼠！」

「什麼我們啊？」我說，「是我媽逼我來的。」

紅頭禿鷹解釋，今日的挑戰是，比賽哪隊能夠在日蝕山頂上最快打造出一個安全的避難基地。

「好了，你們，」雪松說，轉身面對我和史提夫，「山頂上的樹木不多，所以我們應該先在山腳下蒐集好樹枝跟葉子。我們分頭行動，然後到山頂會合。現在出發，Go，Go！」

我獨自蒐集細枝，蠑螈脫離冷血小隊，走來我身邊。

「我不應該跟你說這件事，可是去年的時候我是新生，所以我很清楚你的處境，」她小聲的說，

「通往山峰的主要路徑要走好久。不過，有一條捷徑。」她東張西望，看看有沒有人聽到。「越過那一片腎蕨，再穿過松木林。你會比其他人都還早到！」接著她一溜煙跑走，跟其他冷血隊員會合。

那片腎蕨？就是我們抓蝸牛來吃的地方。我知道在哪裡！

我捧著滿懷的細枝跟樹葉，拔腿衝過那片蕨類，往上進入樹林。真的快很多。

然後我看到了那整片掛著鏈條的圍欄。

上頭有個告示寫著：

維修中，
通往山頂的道路
暫時封閉。

那個噁心又可惡的蠑螈！她耍了我！

第 30 章

那個男孩人類專注力很差，這些需要他和他的拇指進行的工作因此造成許多不必要的拖延。而對於他所參加的大自然營隊，他就是無法停止抱怨。

看來拉吉的敵人之一要了他，害他在戰事訓練的演習裡，踏上了錯誤的路線，使得他的部隊一敗塗地。

「你一定要拔掉這個蠑螈的腳爪，剁掉她的尾巴！」我說。

「可是她是個小孩，沒腳爪，也沒尾巴。」

我嘆口氣。這個人類難道沒有想像力嗎？「那就把她腦袋瓜上的皮毛全都扯掉啊，」我說，「現在把 ALPHA 光子線圈拿過來，跟重晶石防護罩連在一起。」

「什麼？」那個男孩人類說。

「把那兩樣東西黏在一起啦，你這笨蛋！」

「該死！現在連遙控器也出問題了！」我聽到那個父親人類在樓上說，「電池都到哪去了？」接著傳來廚房抽屜砰砰關上的聲響。

那個父親人類恐怕已經起疑了。

「我就是不知道怎麼辦，」男孩妖怪說，「我讓我的團隊失望了。要是沒有他們，我在那個瘋狂的地方好孤單。蠑螈為什麼要那樣捉弄我？」

我堅定的望著男孩妖怪。「我們的星球上有句俗話：在戰爭裡一切都是公平的！」

「噢，我們也有那句俗話，」他說，「只是我們的版本是，在愛和戰爭中，一切都是公平的。」

「真荒謬。」我嘀咕。

「克勞德，你原本是你星球上最偉大的領袖。你沒有什麼建議要給我嗎？」

我嘆口氣。我可以看出，除非我先幫那個男孩妖怪，否則他幫不了我。也許我可以把他變成合格的士兵。

「我們星球上有另一句俗話，」我說，「**爬上最高樹木的，不是爪子最利的，而是內心最堅強的！**」

男孩人類點點頭，對這份古老的貓族智慧心生敬畏。

或許並沒有。這些人類的臉龐毫無表情，根本看不出他們在想些什麼！

第 31 章

星期二

「聽說你昨天迷了路，」蠍子說，「你得叫計程車才到得了山頂嗎？」

他和其他幾個冷血隊員都放聲狂笑。

「都是那個壞蛋的錯，你明明知道，」雪松指著蝶蟻說，後者正得意的咧嘴笑著，「要不是因為她耍了那爛招，我們原本可以打造一個很棒的避難基地。」

「對啦，不過你們最後搭了個破樹枝堆！」蛇說，「生存之夜你們得睡那裡，祝你們好運！」

紅頭禿鷹登上發言樹樁，開始揮動手臂，發出嘶聲。他從昨天結束的地方接下去講。

「想像一下，我年輕的求生者們，海洋升起，湧上這個古老火山的斜坡，海嘯將你們所知道的一切掃除殆盡！」紅頭禿鷹說，「海洋升起的時候，你們要往哪裡去？」

「用游的嗎？」史提夫說。

「不是，」紅頭禿鷹說，翻了翻白眼，「你們用爬的，到樹上去！」

我們都抬頭仰望。

「那些樹木會成為你們的避風港，」紅頭禿鷹說，「不只可以避開海洋，也可以逃離掠食者，比方說是敵對的飢餓人群。」

史提夫舉起手。「你指的是⋯⋯食人族嗎？」

紅頭禿鷹點點頭。「很少有人知道，在不久前原始的社會裡，吃人肉是相當普遍的。」他給我們滿口牙的笑容。「在文明毀滅後的世界裡，這個作法肯定會捲土重來！」

我開始懷疑，紅頭禿鷹其實熱愛暴力和毀滅。

關於克勞德，我也開始納悶同樣的事情。如果他真心想把和平帶回家鄉星球，為什麼一直把讓叛徒付出代價，以及啟動新的恐怖統治掛在嘴邊？

有沒有可能，克勞德並不是仁慈的外星貓大帝？也許——只是也許——他以前是個**邪惡**的外星貓？

不過，即使他是，他依然是**我的**邪惡外星貓。

而我不希望他離開地球。如果他要離開，我想跟他一起走。

　　可是我現在無法分神去想克勞德的事。我們正準備要進行下一場挑戰。

　　「如果你們想活下去，」我們的輔導員吼道，「開始努力往上爬吧！」

第 32 章

「來，貓咪、貓咪、貓咪！」那個父親妖怪正想用幾顆乾飼料，把我誘拐到他的懷裡。

我大膽無畏的走向他。

「哎唷！」他說，把我剛咬了一口的手指塞進嘴裡，「調皮的貓咪！」

我開始呼嚕叫。我已經太久沒弄傷過什麼了。

叮一咚！

「現在又會是誰呢？」那個父親妖怪說。

他打開前門，迎面又是一個醜惡的人類，一身棕色打扮。這是什麼軍事偽裝嗎？

他將一個電子器材遞給父親妖怪。「收件請在這裡簽名，先生。」

「這些是什麼東西？」父親人類說，看著那些箱子，一面在那個裝置上扭動一根細棒。「搞不好是個新烤箱！」

不過，他連一個箱子也沒打開，因為他「上班快遲到了」，對貓族來說這個概念很陌生。他一離開我便急忙扯開箱子。在包裹裡，我找到了兩極真

空管、電容器、電位器以及更多：為了完成瞬間移動器所需要的最後幾個零件。

我現在也有了關鍵零件，可以供我進行另一項計畫——跨宇宙通訊器。

這個無比重要的裝置，在沒有男孩人類的協助下，我輕輕鬆鬆就完成了組裝，期間只短短小睡了三次。

噢，我真等不及要打電話回家，再次聽聽砂盆星那甜美的貓族語言！

一等通訊器可以運作，我趕緊連線給直到最後依然忠貞不二的那位僕人：澎澎毛中尉。

當他的臉孔浮現在螢幕上，驚訝與喜悅摻雜的表情顯而易見。

第 33 章

星期二 ，未完

紅頭禿鷹說過，爬得最高的人，可以爲自己的團隊贏得這場挑戰。訣竅不只在於挑到最高的一棵樹，也要是最好爬的一棵。就我看來，雪松、蠍子、蠑螈都挑到了最棒的樹，而且已經往上爬。

至於我，我還在地面上忙著選樹。我可不想再當一次害群之馬，讓團隊輸掉挑戰。不過，這次的挑戰還是難得有點希望。

因爲我向來很會攀爬，即使從來不是在大自然裡。在老家，當地的遊樂場有一面攀岩牆，我愛極了。在布魯克林攀岩場的課後活動裡，我是最會爬的一個。

我眞心想爬的樹木看起來跟帝國大廈一樣高，可是我連它最低的枝椏都碰不到。接著我靈機一動。

「嘿，史提夫！」我喊道。

還在地面上的另一個孩子是史提夫，他已經從橡樹上摔下來兩次了。

　　「你能不能讓我踩著往上爬？」

　　「沒問題，」史提夫說著便把身子彎得好低，讓我用他的背部當跳板。非常成功。

　　「謝了！」我從樹枝間往下呼喊，「那你呢？」

　　「我正準備試著──」

　　「他即將被有史以來最大的一場海嘯沖走。」紅頭禿鷹扯嗓大喊。

　　「快爬，老鼠！快爬！」史提夫大喊，一面閃躲我們的輔導員──紅頭禿鷹現在假裝成一股巨大的海浪。

　　我開始手腳並用往上爬，一面按照自己的想法規劃最好的路線。可是我要爬多高才能打敗其他人？

　　我會贏過蠍子，這點沒問題。他已經卡住了，在他的重壓下，樹枝一根接一根斷掉，他喪氣的大呼小叫。雪松看來也困住了。不過，蠑螈再爬一半就會攻頂。那個小騙子就像爬梯子一樣，順暢的爬上了她的松樹。

我的雙手因為沾滿樹液而黏呼呼，細枝一直朝我眼睛戳來。這比上面布滿塑膠假岩石的牆壁難爬多了。可是我沒有停留，持續往上。

我超越蠍子和雪松，現在幾乎跟蠑螈一般高，她正困在一團藤蔓裡。也許我會贏她！

就在這時我往下一看，真是大錯特錯。

我現在所在的高度比布魯克林攀岩場的那道聖母峰牆高多了。底部可沒有防護軟墊！我在想什麼啊？

我的身子因為驚恐而僵住了。

紅頭禿鷹大喊。「老鼠你可以停了！冷血小隊已經贏了！」

「不，等等！」雪松從下方某處嚷嚷，「他還沒爬完！加油啊，老鼠！」

我一心急著想往高處爬，可是現在卻動彈不得。

接著克勞德講的話在我的耳畔響起：

爬上最高樹木的，不是爪子最利的，而是內心最堅強的！

我覺得自己又動了起來。我的雙手往上伸，

雙腳找到了更高的樹枝，不久，就爬完了整棵樹。我在樹冠上搖搖晃晃，看到了我下方其他樹木的頂端。我是爬得最高的一個！

「他贏了！」雪松喊道，「老鼠贏了！」

我真的贏了！感覺好棒！我覺得自己就像個英雄！

現在只有一個問題：媽啊，我要怎樣下去？

第 34 章

「噢，大王陛下，」澎澎毛喵喵叫，「見到您安然無恙，我眞是欣喜極了！感謝 87 個月亮的保佑！」

「你不知道我蒙受多少屈辱，」我告訴忠誠的僕人，「可是跟我敵人即將歷經的苦難，這不算什麼！告訴我，澎澎毛，砂盆星的貓族們是否大聲疾呼要我回去？」

「這個嘛……」澎澎毛慢吞吞的說，「他們已經不再焚燒您的肖像。」

「他們是否依然屈服於利牙將軍的淫威之下？他們是否迫不及待要回歸我鐵一般紀律統治的時代？」

「呃……」澎澎毛說。他用後掌搔搔耳朵，「其實，這陣子以來，大部分的貓咪其實看起來都，呃，相當快樂。利牙將軍讓皮毛保養成爲基本的權利。能夠不限次數的免費上蛻變店，眾貓都感到興奮不已。」

「他竟然想買通他們！真是個侮辱！砂盆星的好貓們一定要看穿他的卑鄙伎倆！」

「唔……，」澎澎毛說，「他也將終身免費修爪的福利賜予眾貓。另外還種植了十億棵新樹，取代您在上一場戰爭所焚燒掉的那些。」

「所以，換句話說，我回歸的時機已經成熟！」

「老實說，長官，我認為——」

「安靜！」我大聲喝斥。澎澎毛向來不懂政治，而我也沒時間向他解釋。

那天早上，我從送貨妖怪那裡收到最後幾個零件，組好了瞬間移動器。我需要的是找人幫忙測試機器。至於要送到宇宙另一邊的物件，我選了看起來像是戰鬥訓練球的東西，是我在人類主要起居室的玻璃罐子底下找到的。是個有紅縫線的白色東西，上頭潦草寫著某個人類的名字——某個德瑞克·基特。也許是那個父親妖怪從叫德瑞克·基特的人那裡偷來的。

想當然爾，我頗為讚許這樣的行徑。不過現在換我要從他那裡偷走！

我將那顆球放進瞬間移動器裡，就在原光子伽

121

瑪射線的光束下。按下按鈕時，爆出一陣綠光。

然後德瑞克・基特的球轉眼不見蹤影。

幾分鐘過後，我看到它隨著另一陣爆出的綠光，進入了砂盆星的大氣層。在空中懸浮片刻之後，直接落在澎澎毛的頭頂上。

「哎唷！」澎澎毛喊道。

聽到他的抽噎，我嫌惡的將耳朵往後壓。

「給我看。」我下令。

「這邊，」他說，垂下腦袋，「看到腫起的地方了嗎？」

「不是啦，你這蠢蛋，」我說，「我是說那顆球！」

「噢。」澎澎毛說，將球舉起來。球處於完美狀態。

成功！

不過，澎澎毛堅持，在我冒著寶貴生命的危險，搭乘瞬間移動器以前，先拿活物來測試一下。

「我手邊有些可以消耗的人類。」我說。

「不，」澎澎毛說，依然搓著耳後，「我們需

要找個跟您的體型、基因結構較爲相近的東西。有沒有地球貓是您可以拿來用的？」

這個嘛……

第 35 章

星期二下午

「克勞德！克勞德！你在哪裡？」

我等不及要告訴他，多虧他的建議，我贏了一場挑戰！我最後在車庫找到他，可是我還沒講到精采的部分，他就打斷了我。

「安靜！我聽夠你這些毫無意義的……」克勞德說，「呃，我的意思是，這些對你來說非常重要的問題——但我有個天大的好消息！瞬間移動器順利運轉，準備進行活物測試。」

我正準備問我們要用什麼來測試時便聽到，「哈囉？有人在嗎？」

是住對街的琳荻，比我低一年級的女生。

「噢，只有你啊，」琳荻說，「我還以為我聽到兩種聲音。」

「是廣播啦。」我說，腦筋急轉彎。

「什麼廣播？」她說。

「唔……」

「噢！這是你的貓咪嗎？」她彎腰去摸克勞德。

「別那樣，」我說，抓住她的胳膊，「他不是那種貓。」

「哪種貓？」

「喜歡人摸的那種。」

克勞德狂甩尾巴，微微低吼。

「噢，那太糟糕了！我的貓查德就很愛被人抱高高，也愛人摸摸跟擁抱！他也很聰明喔！」

「哈！」克勞德說。

「他的喵叫聲好奇怪！」琳荻說。

「我爸覺得他混到暹羅貓。」

「噢，我想查德也有部分暹羅貓的血統！」她說。接著她看著克勞德。「他們長得有點像呢。我是說，查德肚子那邊的毛多一點，不過基本上他們

125

體型大小相同。」

不知怎的，克勞德開始發出很大的呼嚕聲。

「所以，你明天要做什麼？」琳荻問，「我媽要帶我跟我朋友去水上樂園，如果你想一起來，我們的休旅車還有位置喔。」

「我真希望可以去，可是我得去日蝕營隊。」

「噢，你去參加末日營隊喔！」她說，「我聽過那個營隊的好多事情。我哥的朋友去年去參加。他說營隊的最後一晚，有個小孩死掉了！」她聳聳肩。「總之，掰掰！」

琳荻走開的時候，我用力吞了口水。

我想到地下室那架瞬間移動器，準備帶著克勞德穿越宇宙。也許裡頭有空間容納我。

「那個營隊聽起來棒極了！」克勞德說，「真不知道你為何抱怨個不停。」

第 3 6 章

「來，貓咪、貓咪、貓咪……有好吃的要給你喔，肥軟的虎斑貓！」

這些「貓點心」令人厭惡，可是顯然是專為吸引地球貓族的虛弱體質所設計。

肥軟虎斑囫圇吞下肚，一顆接一顆。

他隨著點心鋪出的路線越過街道，進入屋內，走下階梯，直接步入瞬間移動器。真的太簡單了。

肥軟虎斑坐在那裡，臉上掛著愚蠢神情，咀嚼最後的點心時，我按下按鈕，閉上雙眼抵擋綠光，然後……

呼咻！

肥軟轉眼消失蹤跡！

我伸手去拿通訊器。「澎澎毛！回話，澎澎毛！」

我忠誠嘍囉的臉龐出現在螢幕上。「您好，司令官！」

「收到包裹了嗎？」

「什麼？」

接著，我看到背景閃過一道綠光。

「剛剛抵達！」澎澎毛確認，「測試成功，大王陛下司令官！」

呼嚕！

澎澎毛轉向肥軟虎斑。「歡迎來到你祖先的家鄉砂盆星，地球貓！」

「喵嗚。」肥軟說。

澎澎毛的頭一歪。「太空旅者，我講話你聽得懂嗎？」

「喵嗚。」肥軟說。

接著肥軟虎斑開始打理我們一般不公開清理的身體部位。而且我們才不用舌頭清理！

澎澎毛驚恐的臉龐特寫出現在通訊器螢幕上。「大王陛下，我有壞消息要報告。前來砂盆星的旅程搞壞他的腦袋了！」

「不，所有的地球貓都是那個樣子，」我說，「有人類妖怪提供糧食和居所，他們不需要思考或行動，就這樣退化了。」

「眞是不幸。」澎澎毛舉起一掌，遮擋視線，避看這可悲的一幕。

「在他身上做點測試，」我說，「確定瞬間移動器沒對他原本的弱智腦袋造成進一步破壞。」

澎澎毛舉掌敬禮，結束通訊。

我還有最後幾件事情要準備，就可以離開這個淒涼又愚蠢的星球。我可以聞到勝利的氣味。我還沒跟澎澎毛說，我隨身會帶上一件祕密武器！

一個人類。

第 37 章

星期三

　　「明天就是你們期待已久的日子！」紅頭禿鷹說，一邊各遞給我們一片樹皮，上頭列著生存之夜需要準備的東西。

　　水壺

　　手電筒

　　折疊小刀

　　勇氣

　　OK 繃

　　「今天是休息和省思的日子，」我們的輔導員以非比尋常的冷靜態度說，「沿著森林小徑漫步，採集和搜尋糧食。」

　　那樣聽起來還不賴。

　　可是紅頭禿鷹還沒講完。

　　「因為從明天開始，最後的冰河已經融化。水位即將升高 300 英尺。全世界只剩下陸地浮出水面

的小島。」他在這裡做了個⋯⋯戲劇化的⋯⋯停頓。

「就像⋯⋯這座⋯⋯火山！」

人人倒抽一口氣。

「我好愛聽他編的故事！」雪松對我耳語。

「可是那不只是故事！對他來說不是！」我說，「我鄰居跟我說，去年有個小孩死掉了！」

「什麼？真的假的？」史提夫說。

「不可能是真的。」雪松說。

「你怎麼能那麼確定？」我說，「我們連遊戲的內容是什麼都不知道。」

「我來跟你們這些幼稚園小寶寶說內容是什麼！」蠍子說，「是比『躲好，不然被吃掉』遊戲

可怕一百萬倍！」

「等遊戲結束以後，」蝶蜥補充，「你們會希望自己不曾出生在這個世界上！」

蛇只是瞪著我們，用手指緩緩劃過脖子。

後來，我們在森林搜尋食物，把避難基地打理好，雪松試著提振我和史提夫的精神。

「記得，就像紅頭禿鷹說的——大自然是我們的朋友！」

紅頭禿鷹說的其實是大自然威力無窮，根本不在乎人類是否絕跡，但我懶得糾正她。

　　搭車回家的路上，我連開口跟媽媽講話都沒有。我覺得自己快吐了。

　　去年有個孩子死掉了，琳荻說過。

　　然後我看到她了——琳荻。媽轉進我們家那條街，琳荻就在那裡，在我們家前面的電線桿上貼海報。

琳荻告訴我，她全家從水上樂園回來的時候，發現貓咪不見了。不知怎的，有扇窗戶開著沒關。

　　「查德在外頭絕對活不下去！」她說著便哭了起來，「他從來沒自己出過門！而且他已經結紮了！」

　　「我知道他的感覺，」我說，「我指的是在外頭無法生存。」

　　我真心這麼覺得。我真的不覺得我有辦法——我在外頭撐不了一整夜；有冷血小隊在追捕我，我絕對熬不過去。

　　我試著跟克勞德談這件事，可是他只在乎瞬間移動器。

　　「成功了！」克勞德蹭著機器，發出呼嚕聲，「我送了一隻活的動物到宇宙的另一頭！」

　　「什麼動物？」我說，「等等——琳荻的貓失蹤了，你該不會……」

　　「你把我當成什麼樣的貓族了？」克勞德不悅的說，「我送去的是老鼠！」

　　我看著我幫忙打造的瞬間移動器。「這東西的力量大到可以把比貓大的東西，送到宇宙另一頭嗎？」我問。

第 38 章

男孩人類從生存營隊回來的時候，我已經接獲了極好的消息：肥軟虎斑百分之一百健康，除了病態的肥胖之外。

看來我啟程的時刻到了。

更棒的消息來自男孩妖怪本人。只差臨門一爪，他就會決定與我同行！他只需要多一點鼓勵。

「我們明天就可以離開嗎？」他問。

「絕對可以！」我說。

「只要我隨時想回家，你都願意把我送回來？」

「當然了！」

男孩人類到他的睡房去的時候，我喜悅的猛甩尾巴。

我的邪惡計謀順利至極！

到了早上，男孩妖怪到他稱之為「地下室」的地下掩體來找我。

「好，」他說，「我想跟你一起走。」

我龍心大悅！這個巨人會讓我變得**所向無**

敵！我可以嘗到最終勝利的滋味！我必須連線澎澎毛，告訴他這個天大的好消息。

可是我還來不及做什麼，前側閘門便傳來惱人的聲響。

叮－咚！

「拉吉！」父親人類呼喚，「有人找你！」

第 39 章

星期四早上

　　我幾乎整晚沒睡。這是我人生中最重大的決定。到了早上，我已經決定前往另一個星球——上頭都是貓的星球！這機會神奇到不容錯過。

　　尤其那表示我會躲過生存之夜。

　　可是就在我跟克勞德說，要跟他一起走的時候，門鈴響了。

　　會是誰呢？在早上七點？我走到前門，發現雪松和史提夫在門外。

　　「這傢伙一個小時前出現在我家那裡。」雪松說，指著史提夫。

　　「我睡不著！」史提夫說，「每次只要合上眼睛，就會想到上升的海洋！還有食人族！」

　　「我一直跟他說，那些災難只是遊戲的一部分，可是他不相信。」雪松說。

　　我爸端著一杯咖啡，出現在我背後。「兒子啊，

你交了朋友耶，真好！」

朋友？我想說。他們只是兩個和我一樣注定一起赴死的小鬼！

只是我已經找到避開一死的方法。或許我也可以拯救他們。

「你們能守住一個祕密嗎？」我低語，「一個很大的祕密？」

他們點頭表示可以。

「來吧。」我說，然後領頭帶他們走進地下室。

「嘿，那是什麼可怕的聲音？」雪松說，「聽起來好像鼻毛被扯掉的狒狒。」

當然是克勞德。他正在附有遮蓋的砂盆裡，透過通訊器，通知他最信任的中尉，我即將加入他的行列。

「那是我的貓，」我說，「他就是那個祕密。」

「什麼意思？」雪松問。

「我的貓，」我說，「是從外星來的。」

「啊？」史提夫說。

雪松滿臉問號。「拉吉，你還好嗎？」

克勞德走出砂盆，看到大家都盯著他。

他猛甩尾巴。

「他不只是外星來的，」我說下去，「他也是個貓星球的帝王、貓軍隊的司令。他曾經征服了整個星球，我要去幫他將整個砂盆星的貓團結起來！」

　　「總司令？帝王？」雪松說。

　　「砂盆星？」史提夫說。

　　「不，不是那樣念——噢，算了。我們今天就要離開。」

雪松碰碰我的手臂。「老鼠，你說的話完全不合邏輯。你還好嗎？」

「我們打造了一架瞬間移動器。」我指著角落那團金屬和電線，「你們兩個可以一起來幫我們！這樣你們就不用參加生存之夜了！

雪松和史提夫在我和瞬間移動器之間來回張望。然後史提夫爆笑出聲。

「我不知道哪個更好笑，」他說，「想到你乘著那堆廢鐵穿越太空，還是認為你的貓是外星來的！」

可是我可以證明。

「來吧，克勞德，」我說，「說話吧。告訴他們你真正的身份！」

克勞德先看看我，再瞧瞧雪松和史提夫。他眨眨眼，然後說了個字眼：

「喵嗚？」

第 40 章

另外兩個小孩人類搖著腦袋離開以後，我的人類轉向我。

「你剛剛幹麼那樣？」他質問，「現在他們都以為我瘋了！我還以為，你希望人類去幫你征服你的星球！你原本可以多兩個人手的！」

「拉吉，」我說，「剛剛在這裡我已經發現新的狀況：你在這個地方已經不孤單了。」

「唔，我想他們算是我朋友吧……」

「他們比朋友更重要！」我說，斥責他，「他們是你的戰友。是你戰場上的夥伴！那種關係和羈絆比來自砂盆星的朋友還要強大！」

男孩妖怪並未露出信服的表情。

「你一定不能從今晚的戰爭退縮。快將你的心靈觸手伸進你的皮毛底下──或不管蓋在你醜惡身上的是什麼東西下面──將深藏在你內在的貓族帶出來：**你也是一隻戰鬥貓！**」我振奮的吼叫，

「就像我曾經在磨爪柱之戰之前對我的軍隊說的，

上萬名士兵陣亡，總好過轉身遁逃！一支軍隊不必
更壯大——只要更聰明！更殘酷！」

　　這個人類顯然被我的話語打動了。

　　「可是去砂盆星的事情怎麼辦？」他說。

　　「我必須抱著沉重的心情，告訴你，拉吉・
班內傑，我沒辦法帶你橫越宇宙了！」我說，「我
現在明白，屬於你的戰鬥就在這裡，在地球上。這
個星球需要你——不只是生存之夜，往後也是。」

這個人類困惑又失望，雙眼似乎又要滲水了。他要我答應，我在他回來以前不會離開。如果他回得來。

　　我說我會等他，並祝他幸運。

　　他在門口停下腳步。

　　「謝謝，」他說，「我感覺到你是真的關心我，我很高興。」

　　我透過窗戶看著他爬上家用拉車，那輛拉車將會載他前往戰役前線。我納悶他是否能夠活下來。

　　感覺不大可能。

　　他相信我胡謅的所有事情，這點令我如釋重負。我必須先擺脫他，這樣我才能夠使用瞬間移動器——是的，單槍匹馬！

　　計畫之所以突然改變，是因為男孩人類正在對另一個小孩人類說話的時候，我和澎澎毛取得聯繫，告訴他我即將攜帶巨人武器的好消息，可是澎澎毛通知我，人類體型過大，無法使用這個機器。

　　「如果你嘗試，」澎澎毛說，「那個人類會爆掉，而他的分子會散落在十萬光年的太空中，就像很多亞原子塵埃和血塊。」

「所以你的意思是，值得一試？」

　　「不，」澎澎毛當時說，「除非你希望瞬間移動器裡一片血肉模糊。」

第 41 章

星期四

在發言樹樁上，紅頭禿鷹正一面低聲嘶吼一面揮舞雙手，精力前所未有的充沛。

「今天就是大日子！」他嚷嚷，「在日蝕山頂這裡，文明社會的最後幾條線已經斷裂。殘存的人

144

類分裂成幾個部族，撤退到樹林裡，彼此爭奪剩餘的少許寶貴資源。」

「我可以握住你的手嗎？」史提夫對我低語。

紅頭禿鷹弓起手掌，貼在頭側，「你們戴上鹿耳的時候，就可以聽到：人類最後的喘息！」

我望向雪松，連她也有點緊張。

接著紅頭禿鷹解釋這場遊戲的規則。

「你們現在真的在大自然裡。跟你們的小隊在一起，你們會倚靠自己搜尋來的食物過活，並且在自己搭建的避難基地過夜。可是不只如此，」他咧嘴笑著說，「你們也要獵殺……對方。」

史提夫倒抽一口氣。也許發出聲音的是我。

「你們會用森林腳，悄悄穿過幽暗的樹林，」紅頭禿鷹說，從發言樹樁跳下來，踮著腳尖繞著我們走，「你們要埋伏等待敵營的人類。只要有一個出現，就**發動攻擊！**」

紅頭禿鷹撲向我，轉眼便從我脖子上扯下我的名牌。

「被搶走名牌，表示你沒撐過生存之夜！等於**被拿下**。」

那聽起來眞不妙。

我舉起手來。「你說被拿下是什麼意思？」我問，「拿到哪裡去？」

紅頭禿鷹綻放笑容。「到時候你就知道了，是吧？」說完他將名牌還給我。我可以看出他在想什麼：我會是頭一批退場裡的一個。

「活到最後的玩家，會爲自己的整個小隊帶來勝利。」紅頭禿鷹輪流扣住我們每個人的目光。他的眼神狂野。「生存之夜現在開始！」

我們朝著四面八方做鳥獸散，沿著火山山坡往上衝刺。我跟在雪松後面在小徑上狂奔，小徑會通往我們的避難基地，史提夫則在我們後頭沉重的喘著氣。我們一旦安全躲進避難基地，便會低下身子，規劃我們的戰略。

「我想我們應該待在這裡就好，」我說，「我們有昨天採集的糧食和水。」

「你在開玩笑吧？」雪松說，「冷血小隊會來抓我們！我才不要坐以待斃，等他們過來偷我們的名牌。」她將一把莓果分給大家。「我們吃個點心，然後就出去。」

「再來呢？」我說。

「我們就照著紅頭禿鷹的指示做，」她說，「我們靜悄悄穿過樹林，然後發動奇襲！」

「我們集體行動別走散，好嗎？」我說。

我還不認得路。

吃完莓果之後，我們悄悄溜出避難基地，衝向最近的一道林線。我們還走不到十英尺，就感覺石頭咻咻飛過腦袋旁邊。

是冷血小隊！

「喂，不可以丟石頭！」雪松對他們大叫，「這樣違反規定！」

「規定？」蠑螈嘲笑，「在生存之夜，沒有規定這種東西！」

「快跑吧，小寶寶！」蠍子喊道，「跑越快越好，因為我們就要來抓你們嘍！」

我們拔腿狂奔。

第 42 章

　　我正舔掉最後一口黃色長方塊時，頭頂漸禿的妖怪踏進烹調室。

　　「你怎麼把那個東西弄出來的，小傢伙？」他說，一把從地上抓走我的美味好料。

　　我用掌子猛給他一記，可是他幾乎沒注意到，我先前已經在他手上弄出了不少傷口，上頭貼了層層的 OK 繃。

　　「噢，別擔心，貓咪，」他說，「我買了非常特別的好東西要給你喔。」

這點我不相信，於是我撤退到火箱下方的安全位置。

　　「喏！」他說著便丟東西過來給我。

看起來是某種俗麗的娃娃。我相信這本來是要做成老鼠的樣子，雖然一點都不像。

他以為我是誰？小貓嗎？我又不是那些愚蠢地球貓裡的一個。一個……一個……

咦，那個醉人的氣味是什麼？

是從那隻紫色老鼠傳出來的。我慢慢湊過去，氣味越來越濃。彷彿在對我說話。撲過來吧！過來咬一口吧！過來用你致命的後爪將我扯成碎片吧！

我的心靈彷彿不是我自己的。噢，那個老鼠娃娃的氣味！這隻美麗的紫色老鼠娃娃！裡頭有什麼？

這是不是就是幸福的味道？

我把它扯成碎片，我在填充物裡翻滾。這隻老鼠是這整個悲慘星球上**最棒的東西！**

第 43 章

星期四下午

我們狂奔一陣子之後，終於停下腳步。「你們還好嗎？」雪松問。

冷血小隊在樹林裡追捕我們，感覺好像沒完沒了，不過我們在刺人的蕁麻田成功甩掉他們。雪松知道怎麼安全穿過蕁麻田，所以我們小隊得以順利離開，蠍子跟其他人還困在裡頭，痛得唉唉叫。

我們在擋住通往山頂小徑的鏈條圍欄那裡重新整隊。他們不會想到我們刻意到死路那裡。

至少，我希望他們不會想到。

「我餓了。」史提夫說。

「我累壞了，」我說，「我想我們應該待在這裡，讓其他小鬼偷走我們的名牌。」

「別這樣，你們——你們真的想這麼輕易就放棄？」

我和史提夫都聳聳肩。我可以接受。

接著，想不到雪松突然哭了起來。

「怎麼了？」我問。雪松是我們當中**最勇敢的那個！**是大自然忍者！要是連她都崩潰了，我們其他人該怎麼辦？

「我不想輸！」她說，「我很厭倦蠍子跟他的那些笨蛋伙伴。 他們好惡劣！」

「忘了冷血小隊吧，」我說，「明天之後，我們就不用再見到他們了。」

「可是我們上的是同一所學校！」她說，「這個鎮上只有一間中學。」

我的心一沉。我從沒想過這一點。在布魯克林，沒人上同一所中學，那裡有幾百間！

「我不希望被他們在學校走廊上罵我們森林遜咖，」雪松邊說邊踢一簇苔蘚，「我想要贏這場比賽！」

我記得今天早上克勞德跟我說過的話：**一支軍隊不必更壯大──只要更聰明！更殘酷！**

我對殘酷沒興趣。可是聰明那部分，我希望我們辦得到。

「我們沒有冷血那樣強壯或卑鄙，」我說，「可是我們可以針對他們的痛處攻擊。」

「要怎麼做？」雪松問。

「偷走他們的零食。」

史提夫拍拍肚皮。「我絕對喜歡這招。」

我們擬訂計畫：冷血忙著追捕其他團隊，企圖偷走對手的名牌時，我們去偷襲他們的避難基地。他們絕對料不到！

唯一的問題是，我們抵達冷血的避難基地時，卻發現裡頭空空如也。那裡已經被遺棄。

「現在怎麼辦？」史提夫呻吟。

「他們顯然打造了新的祕密巢穴，我們必須找出來，」雪松說，「史提夫，你往西邊走。我和拉吉沿著山脊往東行。」

此刻接近傍晚，天空卻烏雲密布，森林一片黝暗，看起來就像已經入夜。

我們悄悄沿著鹿徑走，這時響起碎枝斷裂的聲音。

雪松立刻迅速轉身，扯下原本試圖伏擊我們的小鬼的名牌。

「白費功夫了，水獺！」她說，「我確定沼澤

小隊的其他人會想念你的。」

　　水獺還來不及露出失望的樣子，紅頭禿鷹突然冒出來，把抽抽噎噎的他拖走了。

　　「他要帶他去哪裡？」我低語。

　　「我不曉得，」雪松說，「也不想知道。來吧！我們繼續走。」

　　只要森林傳來聲響，我都會怕得畏縮一下。我繼續告訴自己，這只是個遊戲，雖然感覺真的不像。

第 44 章

我已經不在惡劣低等的地球上。我正高速竄過太空，飛越爆炸的星雲。我親眼看著星辰誕生，整個新的銀河爆生出來——全部準備對我卑躬屈膝！

我不只是一個星球的統治者。我統管整個宇宙！**哈－哈－哈！**

接著我從小睡中醒來。

我依然在烹調室裡。滿臉笑容的父親人類站在那堆扯爛的紫鼠碎屑中。

「不錯吧，小子？」父親人類說，「想再來一個嗎？」

我想要嗎？當然想！

我說：「喵嗚！」

噢不！

我是怎麼了？那個地球貓的字眼！我竟然說出口了！

這些老鼠娃娃——人類就是這樣控制貓族的。他們就是用這招讓地球貓變笨！這些惡魔！

另一隻老鼠娃娃落在我腳畔，這隻黃中帶藍。

噢，這個氣味！這個氣味！

　　可是我不會屈服的。我的意志力強韌有如鋼鐵。

　　我站起來抓了父親人類那醜惡的腿一把，然後快步奔下樓。

　　離開這個惡夢星球的時候到了。

第 45 章

星期四晚上

「我們到了嗎？」我低語。

我們已經在日蝕山頂上繞了好久，想找出冷血小隊新的避難基地，卻遲遲沒有結果。

「這些傢伙比我想的還聰明。」雪松說。

現在在下雨，遠方某處，土狼開始號叫。

我的計畫徹底失敗了。

雪松將臉上的雨水抹掉。「沒關係，老鼠，我們會成功的。」

「天越來越黑了！我們要怎麼找到避難基地？又要怎麼找到史提夫？」

「噓！」她說。

「可是——」

她用手指抵住嘴脣。就在這時，我聽到了：枝椏啪嚓啪擦的聲音。

有什麼朝我們的方向悄悄走來。

我不想被拿下。

我不想被拿下。

我不想被拿下。

我的心在胸口裡狂跳，彷彿就要爆射出去。

啪嚓聲越來越大，接著是響亮的碰撞，有個巨型東西在黑暗中朝我們猛衝過來。我放聲尖叫。

接著雪松大喊。「史提夫！」

他正捧著裝滿葉子和食物的織籃。

「野生蘆筍和覆盆子，」史提夫說，「冷血的零嘴！」

「史提夫，你是個天才！」雪松說。我們忙著將莓果塞進嘴裡。

「從來沒人這麼跟我說過。」史提夫說，咧嘴笑著。

接著我們聽到笑聲。

殘忍的笑聲。

某處傳來某人的說話聲。

「你們真的以為，我們會丟著自己的避難基地，沒人看守？」

我看不到蠍子，可是我知道就是他。

「你們難道以為，我們會讓你們隨隨便便闖進來，吃掉我們的食物？」他尖聲一笑，「想也別想，小寶寶們！」

我們聽到蠑螈和蛇吃吃竊笑。那個聲音感覺像是來自四面八方，又哪裡都不是。他們在哪裡？我們被包圍了嗎？我們在一叢蕨類後方壓低身子警戒。

「我們已經解決掉火團隊。」蛇大喊。

「也把沼澤團隊收拾掉了！」蠑螈補充。

「你們三個準備要**被拿下**了嗎？」蠍子大喊。

雪松的眼神凌厲起來。「他們越逼越近了，」她低語，「我們必須做鳥獸散，然後各自逃命。我們當中只需要有一個人存活下來，記得吧？」她朝小徑伸手，挖起泥巴，然後抹在自己的臉頰上。「偽裝！」她說，接著——有如一抹影子——瞬間消失無蹤。

「我猜只剩下你跟我了，老鼠。」史提夫說。

「感覺不妙——」

這時森林裡突然有東西爆了出來。

三個形體朝我們暴衝而來。我撞上地面，蠑螈

飛越我的頭頂上方，重重摔進了黑莓樹叢。刺超多的黑莓樹叢。

「哎唷！哎唷！哎唷！」她叫道。

一定很痛。

蛇和史提夫像一對專業摔角手那樣扭打。可是，史提夫右手迅速一掃，便揪住了對手的名牌。

「勝利！」史提夫大喊，高舉蛇的名牌。

接著蠍子憑空現身，一把搶走史提夫的名牌。現在，紅頭禿鷹隨時都會出現，把我的小隊同伴拖走。

「哈！」蠍子大喊，「接下來就是你了，老鼠！準備被拿下吧！」

他朝我走來，但我往前仆倒，鑽進樹叢。我從

另一端出來的時候，潮溼的地面崩塌滑落，我頭下腳上，沿著日蝕斜坡往下滑。

第 46 章

　　在妖怪地下碉堡的角落裡，我的瞬間移動器正在等待它的終極任務：帶我回到砂盆星。

　　我進行最後一次檢查。一切就緒。熔合反應器上的綠燈穩定閃動著。離開的時候到了。

　　可是接著——可惡！我聽到腳步聲，那個長毛妖怪走進地下碉堡，雙掌捧著一個箱子。

　　我怒瞪著她。

　　她怒瞪回來。

「如果我們要住在這個地方，總要有人處理這些箱子吧。」那個母親人類說。

她上下下下來回爬著樓梯，將箱子帶下來。開始用那種醜兮兮的潦草線條在上頭做記號，人類用這種符號來記錄自己的原始語言。

這項任務沒完沒了，而我必須啟程了！我不得不用對付父親妖怪那套來對付她。

我往她那較不醜惡的腿走去。就在我準備把她抓得皮破血流時，她轉向我。

「如果你敢，我就活剝你的皮，把你變成一頂毛草帽。」

終於有個我覺得敬重的人類。

我退開來。

我必須等到她回樓上去——而且待在那裡。我前後等了兩個小盹的時間，她似乎終於永遠離開了。啓程的時候終於近了！

第 47 章

星期四晚上

　　我不知道我在山坡上滾了多久，也不曉得抵達山腳下的時候，等了多久才不再暈頭轉向。

　　我坐起來。身上到處是刮傷，除此之外都好好的——只是我不知道自己身在何處。我戴上鹿耳，什麼都沒聽到。

　　我現在該怎麼辦？

　　我留在原地片刻，以為自己安全了。

　　我該放聰明點的。

　　「只有你跟我了，老鼠！只剩我們了！」是蠍蜋，從山坡上的某處呼喊，「誰想得到你居然能撐這麼久啊？」

　　「你那個女生隊員狠狠拚鬥了一番，可是她也跟其他人一樣失去名牌了，」蠍子大喊，「現在換你了，鼠輩！」

　　他們的聲音越來越大。他們越逼越近了！

我根本搞不清楚方向，但我還是拔腿就跑。

我為什麼不能跟克勞德一起快速飛越宇宙？此刻真是我這輩子最可怕的夜晚！

「噢，小老鼠……鼠……鼠……鼠，」傳來蠍子的聲音，「我們就在你後面……面……面……面。」

我跑得更快。在森林小徑分岔處我往左走，不久，那條路徑寬闊了起來。然後轉眼我就不在森林裡了──我正在一個空地上。我看到下方有個幽暗的黃光。

光線來自營本部小屋。

也許我得救了！

我憑著一股爆發力，加速往前衝刺。蠍子的嘲弄聲漸漸的在背後遠去。

我在木屋門口停下腳步。我想起這裡不只是營本部──也是放違禁品的地方。

我可以看到我的手機在籃子裡，就在隨手可得的地方，它彷彿正在召喚我。

我推開窗戶，小心爬了進去。我抓起手機──握在手裡的感覺真好！──然後按下「爸」。

「拉吉？」他說。

「嘿，爸，」我說，「欸，雖然打電話違反規定，可是我真的想跟克勞德說晚安。你能不能找到他，把手機設定成擴音，放在他面前？然後離開一下？」

「好好好吧。」他說。爸顯然認為我瘋了，不過反正他還是會照做。

這就是我為什麼沒按「媽」的原因。

我聽到他走下樓，把手機放在地上，離開的時候，關上地下室的門。

「怎麼了？」克勞德說，語氣不耐。

我正準備解釋整個情勢，但營本部的門打開來了。

我盡可能用最快速度說話。「如果你真的是個偉大的貓族戰士，你必須過來幫我！」我說，「**馬上！**」

接著我使勁按下手機上的手電筒圖示。光束照亮了悄悄走向我的闖入者。

是紅頭禿鷹！

第 48 章

我終於進入瞬間移動器的時候，那個父親人類
回來了。

可惡！

他將他原始的通訊器往下放在我面前，然後撤
離現場。

那個男孩妖怪在叫喊。戰況頗為險峻。

這也不意外。等我教訓我的敵人，剃掉他們尾巴上的毛時，對這個人類的牢騷絕不會有半點思念。

我正準備掛斷他電話時，有趣的事情發生了。

電話那端傳來吶喊聲——我聽到**救命**這個字眼許多次——以及扭打的聲響。戰鬥的碰撞。

接著通訊器無聲無息。

我的人類在戰役中倒下了嗎？他是否被敵人擒獲了？

這倒勾起了我的興趣。

還有，男孩人類乞求我發動救援行動，我可不能落人口實，說眾貓的大王陛下面對挑戰時，臨陣退縮！

我會去救他。

只有一個辦法可以迅速趕到他身邊：家用拉車。

謝天謝地，這輛交通工具是以按鈕科技來操作的。（人類為什麼不能任何東西都用這種科技？）我的掌子一按，引擎便啟動了；再一按，就進入駕

駛模式，設定速度控制。

我後掌碰不到煞車，可是誰需要煞車呢？我需要的是速度！

至於要找到男孩人類，也不會有問題。因為我趁他睡著的時候，已在他身上植入晶片，我通訊器裡的追蹤功能會告訴我他身在何方。

即使前進的步調慢吞吞——現在是多少？一小時 107 英里，在寬敞的馬路上奔馳時，我開始發出呼嚕聲。

我即將再次投入戰役。

我覺得自己充滿神力！

第 49 章

星期四晚上

　　我們的輔導員面目全非，改變得好徹底，好恐怖。

　　他的臉和鬍子蓋著苔蘚，赤腳沾滿泥濘，髒手抓著一根粗棍。最扯的是，他現在簡直就像把灌木叢穿在身上。他是活起來的森林夢魘。

「老鼠！」紅頭禿鷹嚷嚷，「我本來就知道你身上的文明臭氣很濃，但我倒是沒料到這個。」

我害怕的動彈不得，手機摔落在地。「可是冷血他們一直亂丟石頭，而且……」

紅頭禿鷹往我再跨一步。「我不在乎石頭！石頭是大自然的一部分！可是你用了非自然的東西！」他大吼，「科技！你怎麼敢用這麼過分的東西，毀掉這場美麗的比賽！」

他對著我搖棍子。難道他要用棍子打我？

我當然不會留下來看是不是。我跳上桌子，跳出窗戶，然後**拔腿狂奔！**

雨終於停了，可是小徑滿是泥濘，我不停打滑跌跤。

我們沿著火山山坡衝刺，紅頭禿鷹就在我背後，近在咫尺，而且越靠越近！他身上掛了那麼多樹枝和葉子，怎麼有辦法跑得這麼快？

只有一個方向可逃：往上！

我先助跑，然後手腳並用爬上一棵巨大橡樹的樹幹。我越爬越高，這時聽到蠑螈的高亢尖叫。

　　「他在上面那邊！」蠑螈大喊，「像隻老鼠一樣被困住了！」

　　她說得沒錯──我被困住了！

　　即使如此，我依然越爬越高。我不打算讓他們輕輕鬆鬆就拿下我。我接近那棵樹最高的枝椏時，看到遠處閃過一陣白光。

　　是閃電嗎？或者──拜託──是不是救援直昇機？

　　「閃開！」紅頭禿鷹大喊。他已經追到這棵樹來，現在正開始往上爬。

　　蠍子的殘忍笑聲似乎在我四周迴盪。「老鼠就要被殲滅了！」他大喊。

　　我咬緊牙關繼續前進，希望這些樹枝撐得住我。

　　突然間，我看到另一棵樹的高處有動靜，接近我所在的位置！我瞇眼盯著那片黑暗。有東西正朝我而來，在枝椏之間跳躍，一面發出號叫的聲響。奧勒岡這裡有猴子嗎？狼會爬樹嗎？

轉眼間，牠跳上了我這棵樹──就在我腦袋上方！

我知道完蛋了。我被圍剿了：紅頭禿鷹在我下方，某種會在樹間跳躍的恐怖森林野獸在我上方！

「我快逮到你了，老鼠！」紅頭禿鷹喊道。

接著那個生物從上方快速往下衝。我放聲尖叫，縮頭躲避，牠飛過了我身邊。

一面前進，一面嘶嘶叫。

是克勞德！

第 50 章

我從沒見過這種情況：有個妖怪正對我的人類窮追不捨，一路追上了樹木。那個妖怪看來像是半妖怪、半植物，顯然計畫吞掉我的人類——或做出更糟的事。

可惜我不能帶著這個一起穿過瞬間移動器！

不過，如果我想救我的人類，可沒時間浪費了。我迅速爬上最近的一棵樹，跳過一根根樹枝，最後到了他以及那個嘎嘎亂叫的植物妖怪上方。

我停住，先瞄準，然後撲向空中。

噢，滑過天空的那種喜悅！風吹動我皮毛的感覺！戰役的光榮讓我凶猛的心為之歡喜！

我瞄得很準，直接命中那個植物妖怪的腦袋。爪子迅速在他的臉上狂劃一番。

天啊，這些地球生物真容易受傷！

「啊啊啊啊！」那個妖怪放聲尖叫，從樹上往後掉下去。

這個植物妖怪運氣不錯，葉子茂密的枝椏緩衝了牠那一摔所帶來的衝擊，可是無法保護他躲開我

爪子的怒氣！

我跳下去，在地面發動攻擊。我對那個妖怪毫不留情，但牠的力氣卻有一萬隻貓加起來那麼大。牠揪住我的脖子，將我從牠身上扯開。然後用滿是葉子的醜惡單掌，揪住我，讓我懸在半空。

我憤恨的號叫，對著那個妖怪揮擊，可是我的爪子除了空氣，什麼也碰不到。

如果這將是我生命的終點，那麼至少我以貓族不曾展現的英勇姿態奮戰到底。

「**是貓！**」那個生物大叫，「看好了，營隊隊員們，這個破壞力無窮的可恨生物！鳴鳥的殺手！花栗鼠的奪命兇手！背信忘義的掠食者！」

我知道——聽起來是一番讚美恭維無誤，可是這生物說話的語調令我不快。這個植物妖怪直接盯著我的眼睛。「你跟你族類到處肆虐，已經持續太久也太過火了，」牠嚷嚷，「在末日浩劫裡不會有貓，除了拿來當晚餐。好了，誰餓了？」

「嘿，你不能那樣！」我的人類從上方往下大喊，「那是我的貓！」

「我早該猜到的！唔，他再也不是你的貓了！」那個植物妖怪吼道，將我從頭到尾搖晃一回。「誰

找到就歸誰，誰找到就誰吃！」

　　就在那時，我用他的野蠻語言跟他說話。
　　「儘管放馬來，植物人類！」我喊道。
　　那個妖怪的醜惡嘴巴大開。

第 51 章

星期四晚上

我真不敢相信！克勞德老遠跑來救我！他是怎麼找到我的？

從高高的上方，我看到他對紅頭禿鷹發動攻擊。不過，接著輔導員成功抓住克勞德，拉開距離讓他攻擊不到，而現在竟然威脅要吃掉他！

我必須嚥下我的恐懼。就在那時，**我找到了我的內在戰鬥貓。**

「你想對我怎樣都隨你，你這個精神錯亂的瘋子！」我嚷嚷，「可是別碰我的貓！」

我從樹木裡飛撲出來。除了落在紅頭禿鷹身上，我並沒有什麼計畫。

我真的這麼做了。

好痛。對我們兩人來說都是。

紅頭禿鷹抓住克勞德的手一鬆，克勞德跳離他身邊。

「快跑，克勞德，」我喊道，「跑啊！快跑！」

克勞德猶豫一下──我可以看出他並不想丟下我。「快走！」我喊道。

他走了。

我轉身面對冷血小隊，預期會有一場肉搏戰。可是他們根本理都沒理我。反之一臉茫然，轉而面向倒在地上的紅頭禿鷹。

「要吃拉吉的貓，你是說真的嗎？」蠍子問，「如果是，也太亂來了。」

蠑螈點點頭。「對啊，根本是變態。」

「你們聽到牠說話了吧？」紅頭禿鷹嚷嚷，「那隻動物剛剛對我講話！」

「你是說，」蠍子說，「牠的喵喵聲嗎？」

紅頭禿鷹的眼神狂野。「不，不！牠剛講的是人話。你們不懂嗎？貓咪正在**進化！**」

蠍子先看看蠑螈，再看看我。「大家，遊戲結束了。紅頭禿鷹精神失常。我們去帳棚那邊吧。」

他們摘下自己的名牌，隨手扔在地上。

「帳棚？」我說，「什麼帳棚」？

「其他人在的那個帳棚啊，」蠍子說，「不然你以爲有人被拿下，是碰上什麼事？」

我並不想回答。

在遠處，我再次看到白色閃光。接著是車尾燈的紅光以及一首歌曲，漸漸隱入夜色裡。

那首歌唱著：

「我們不會接受的！

不！我們不會接受！」

第 52 章

噢，看著我的男孩人類攻擊敵人，真是一大樂事！他飛越天空，像個貨真價實的貓族突擊隊員。

雖然我覺得他擊潰植物妖怪的勝算不大，但他的英勇舉止讓我有機會撤離。

有時候，了不起的領袖一定要知道何時拋下他的軍隊。有如俗諺所說，**總會有更多士兵，但總司令只有一個。**

說到底，我會想念那個年少妖怪的，我進入那個裝了馬達的拉車時，我這麼想著。回到控制台，我終於找到了飛航模式的按鈕。

只是這不是什麼真的飛航模式，這輛車並未飄浮升空，而是灌滿了人類稱為音樂的駭人噪音。

「我們再也無法忍受！」

嗯，曲調還滿容易記的。

第 53 章

星期四晚上

　　他們就在那裡——沼澤隊、火隊、蛇、史提夫、雪松——全在一頂舒適的大帳棚裡吃熱狗和其他零嘴。

　　雪松跑來我身邊。「老鼠，只剩你還戴著名牌！**你贏了！**」

　　「班內傑家的女漢子做事永遠有始有終！」我說。

　　「女漢子？」史提夫問。

　　「我是說男子漢啦！」我說，「永遠有始有終。」

　　「老鼠沒贏，」蠍子說，「我們只是不玩了！」

　　「那又怎樣，」雪松說，「要是你們放棄，我們就贏了。對吧，紅頭禿鷹？」

　　可是紅頭禿鷹似乎沒聽到她說的話。他還口齒

185

不清的說著會講話的貓，以及牠們未來會怎麼接管世界。

「我告訴你們，」他低語，「末日比我們想的更近！」

我們幾乎整晚都沒睡——不管你信不信，該離開的時候——我還真的覺得傷心。

我們往外走，穿過日蝕營地的拱門時，史提夫朝我走來。「所以，你說的關於你貓咪的事，」他低語，「全都是真的嗎？」

「這樣說好了，在日蝕營隊發生的事情，留在那裡就好。」我說。

「除了我們是朋友這點，」雪松說，「對吧？」

我忍不住開心的笑了。「對，除了那一點。」

「你們都是魯蛇。」蠍子路過我們身邊的時候嘲笑。

可是我們不在乎。

我們走到停車場，爸媽已經在那裡等著。

「你們必須開始改叫我沃夫了，」史提夫說，「你的真名是什麼？」

「呃，拉吉。」我說。

「拉吉？你叫拉吉？」史提夫說，「這種森林

名字眞有創意，老鼠。」

「你呢？」我說著便轉向雪松，「你的眞名是什麼？」

「偏不告訴你！」雪松說，然後快步衝向她爸媽的車。

「所以，你撐過了自然生存營！」我坐進車裡的時候，媽說，「沒那麼糟糕，對吧？」

我聳聳。「嗯，大概吧。」

我覺得萬事美好。可是車子轉進我們家那條街的時候，我看到電線桿上貼滿走失貓咪海報，照片上的查德彷彿盯著我。我感覺就沒那麼好了。

因爲再不久，我的貓也要離開了。

第 54 章

我打了個小盹，舔了些白色液體，然後最後一次在馬桶上讀《華爾街日報》。我再一次準備要離開——這時最令人意外的事情發生了。

我聽到我男孩人類的聲音。

他到底是怎麼活下來的？他成功謀殺了三個敵人嗎？在單打獨鬥的狀況下？

我好引以為榮！

我從瞬間移動器的按鈕上移開掌子。即使是邪惡的司令，也一定要向如此英勇奮戰的士兵道別！

男孩人類在地下室找到我。他渾身髒兮兮，刮傷處處，就像真正的戰士。

「真希望你不必離開，」他說，「可是我明白你必須回家鄉奮戰。」

「很遺憾你不能來砂盆星共享我輝煌的勝利，」我說，「可是你在地球這邊會很順利的。也許有一天你甚至可以統治這裡！你會是仁慈的地球人類帝王。」

男孩妖怪對我齜牙咧嘴，唇角揚起，醜惡的歪扭著臉，據說這是人類所謂的笑容。

他們為什麼要做那種事？

至於我，我向這個男孩人類致上最高的敬意：盤繞迴旋。我蹭著他，讓尾巴繞過他的小腿，動作短促輕柔。

結束後，我走進瞬間移動器，按下按鈕，向這個名叫地球的淒涼星球道別。

真是一大解脫！

第 55 章

星期五下午

　　我一直待在地下室，直到聽見爸媽從媽的網球比賽回來。

　　「來啊，貓咪、貓咪、貓咪！」我聽到爸在呼喚。

　　他不在這裡了，我悲傷的想著，**他永遠不會出現在這裡了。**

　　「你有沒有看到克勞德？」我上樓時，爸問。

　　「怎麼了嗎？」媽看到我的臉時問。

　　我跟他們說了那個我事先準備好的謊言——他們出門的時候，原本住這棟房子的那家人回來找他們走失的貓：

　　克勞德。

　　「有些貓對地方的依戀，強過對人，所以他才會在他們搬家之後跑回來這邊，」我說，「至少他

們是這樣告訴我的。」

「噢，拉吉。」媽說，然後擁抱我一下。

「我真的很愛那個小傢伙。」爸說，用貼滿OK繃的其中一根手指，抹掉眼裡的一滴淚。

對啊，我也是。

我到我房間去，上了床，把棉被一路拉到下巴那裡，然後進入夢鄉。

吵醒我的是一陣綠色閃光。

我立刻坐起來。

「才不是閃電，」我聽到我媽的聲音：「外頭明明這麼晴朗！我們必須找電工來檢查一下這棟老房子的電路。」

我衝下床，奔下樓梯，就在這時我聽到——模糊的一聲「喵嗚！」

從地下室傳來的！

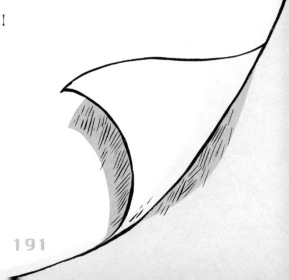

我拔腿跑下樓，一次三階。

「喵嗚？」

瞬間移動器搖了搖之後，門打開來，走出來的
是……

查德。

我頹坐在地板上。

查德朝我搖搖晃晃走來，大聲喵喵叫，項圈上
繫了張紙條。

砂盆星的
邪惡貓大帝
做事永遠
有始有終

尾聲

感覺幾乎就像從前。媽正在看書，爸在看電視，我則只是呆坐在那裡，百無聊賴。可是至少今天晚上我在等雪松和沃夫過來。

日蝕營隊結束兩週以來，我常跟他們一起打發時間。他們帶我認識艾爾巴，結果發現這地方還滿酷的。以前在布魯克林，爸媽幾乎不讓我離開我們住的那個社區，可是在這裡我想騎腳踏車到哪裡去都行。這裡有兩間冰淇淋店、電玩店，甚至有一家不錯的漫畫店——全都在腳踏車能到的距離。

我現在唯一想要的，就是找回我的貓。

媽和爸一直告訴我，我可以養隻新的。可是別的貓怎麼比得上克勞德？

接著，突然又發生了：一道亮綠色的光閃過。

我從椅子上跳起來，衝到前門。我才到前門那裡：

叮—咚！

我連忙打開門。

是克勞德！

我把他抱起來，開始吻滿他毛茸茸的臉。

克勞德發出嘶聲。「放我下來，你這噁心的

妖怪！」他怒吼，「你難道不明白發生什麼事了嗎？！」

「你太想念我，所以回來看我？」

「別可笑了。」克勞德說。

他告訴我，他以閃電的速度推翻利牙將軍，重新攻克砂盆星——最後卻遭到背叛。**再一次**。

「而這一次出手的，是我怎麼都料不到的那隻貓！」克勞德說，「是**澎澎毛！**誰想得到那個老愛哭哭啼啼的馬屁精，有那個膽子背叛我？我現在倒是對他有了敬意，沒錯！可是他將會嚐到我**復仇的滋味！**」

「我的貓咪回來了，我很高興。」我說。

「絕對不要那樣叫我，不然我就讓你飛過十個銀河象限，整個人間蒸發！」克勞德說。

他用掌子揮擊我，在我手指上劃出一道血痕。有點痛，但我不在意。

我的邪惡貓大帝回家了。

故事 ++

邪惡貓大帝克勞德 1：愚蠢的地球人我來了！

文　強尼・馬希安諾（Johnny Marciano）
　　艾蜜麗・切諾韋斯（Emily Chenoweth）
圖　羅伯・莫梅茲（Robb Mommaerts）
譯　謝靜雯

社　　　長　　陳蕙慧
副總編輯　　陳怡璇
主　　編　　陳怡璇
編輯協力　　胡儀芬
美術設計　　貓起來工作室
行銷企劃　　陳雅雯、余一霞

讀書共和國集團社長　　郭重興
發行人兼出版總監　　　曾大福

出　　版　　木馬文化事業股份有限公司
發　　行　　遠足文化事業股份有限公司
地　　址　　231 新北市新店區民權路 108-4 號 8 樓
電　　話　　02-2218-1417
傳　　真　　02-8667-1065
E m a i l　　service@bookrep.com.tw
郵撥帳號　　19588272 木馬文化事業股份有限公司
客服專線　　0800-2210-29

印　　刷　　呈靖彩藝有限公司
2022（民 111）年 05 月初版一刷
2023（民 112）年 03 月初版三刷
定　　價　　350 元
I S B N　　978-626-314-174-2

國家圖書館出版品預行編目 (CIP) 資料

邪惡貓大帝克勞德 . 1, 愚蠢的地球人我來了 !/ 強尼 . 馬希安諾 (Johnny Marciano), 艾蜜麗 . 切諾韋斯 (Emily Chenoweth) 作；羅伯 . 莫梅茲 (Robb Mommaerts) 繪圖；謝靜雯譯 . -- 初版 . -- 新北市：木馬文化事業股份有限公司出版：遠足文化事業股份有限公司發行, 民 111.05, 200 面；15x21 公分 . -- (故事 ++)
譯自：Klawad : evil alien warlord cat
ISBN 978-626-314-174-2(平裝)
874.596　　111005607

有著作權・翻印必究

特別聲明：有關本書中的言論內容，不代表本公司／本集團之立場與意見，文責由作者自行承擔

KLAWDE: Evil Alien Warlord Cat #1
Text copyright © 2019 by John Bemelmans Marciano and Emily Chenoweth.
Illustrations copyright © 2019 by Robb Mommaerts
This Complex Chinese Translation copyright@2022 by ECUS Publishing House.

All rights reserved including the right of reproduction in whole or in part in any form.
This edition published by arrangement with Penguin Workshop, an imprint of Penguin Young Readers Group, a division of Penguin Random House LLC.

感謝您購買 **邪惡貓大帝克勞德 1: 愚蠢的地球人我來了!**

為了提供您更多的閱讀樂趣,請填妥下列資料,直接郵遞(免貼郵票),即可成為小木馬的會員,享有定期書訊與優惠禮遇。

為了感謝大小朋友的支持,2022 年 8 月 31 日前,填寫問卷並寄回,我們將抽出 3 名讀者,就有機會得到小木馬童書一本。

一、基本資料

小讀者姓名:_____ 性別:_____

小讀者年級:□國小　　　年級　　□國中　　　年級

家長資料

姓名:_____

家長電話:_____ 電子郵件:_____

地址:_____

■您從何處得知本書訊息(可複選)

　□書局　□書評　□廣播　□親友推薦　□小木馬粉專

　□特定網路社群 / 粉專　　　　　　□其他

二、請小讀者針對本書內容提供意見

■請問你花了多少時間閱讀這本書?_____

■請問你覺得這本書的字數如何? □太多字了 □太少字了 □字數剛剛好

■以下形容,何者是你閱讀這本書的心情和感受?(可複選)

　□好笑 □神奇 □意想不到 □悲傷難過 □枯燥 □意猶未盡 □想分享給同學

　□其他_____

■看完這本書,你最喜歡哪個角色?想跟他說什麼呢?

_____

_____

■請用一句話描述讀完這本書的心情?

_____

_____

請沿虛線對折寄回

| 廣 告 回 函 |
| 板 橋 郵 局 登 記 證 |
| 板橋廣字第 001140 號 |
| 信 函 |

231
新北市新店區民權路 108-3 號 3 樓
木馬文化小木馬編輯部　收